조정래 대하소설

아리랑

조정래 대하소설

아리랑

청소년판

[제4부 동트는 광야]

조호상 엮음 | 백남원 그림

해냄

미래의 나침반이며 등불

혼히 학생들이 싫어하는 공부에 꼽히는 것이 수학 다음에 역사다. '연대 외우느라고 머리에 쥐가 난다'는 게 그 이유다. 주입식 암기 교육이 저지른 병폐다. 그건 잘못된 일본식 교육의 잔재인 것이다.

역사교육은 '연대 외우기'가 아니라 '그 흐름의 이해'여야 한다. 이야기로서의 역사 흐름을 이해하게 되면 연대는 부차적으로 기억하게 된다. 그런데 시험문제를 연대 암기식으로 내니 학생들이 역사 공부에 진저리를 칠 수밖에 없다.

또한 역사에 대한 일반적 인식도 문제다. 흔히 역사란 '과거'라고 생각한다. 그것은 '시간'만을 한정해서 생각한 아주 잘못된 인식이다. 시간의 흐름이란 한 줄기로 계속 이어져 흐르는 물의 흐름과 같고, 우리 인간들의 생명의 흐름도 그와 다를 게 없다. 따라서 나는 아버지로부터 왔고, 아버지는 할아버지로부터 왔다는 이 쉽고 평범한 사실을 명심하는 것, 그것이 역사 인식의 기본이다. 그러므로 어제는 오늘의 아버지이고, 내일은 오늘의 아들인 것이다. 이 필연적 연속성에 의해 역사는 '지나가 버린 과거'가 아니고 '살아 있는 현재'이며 '다가올 미래'인 것이다. 그래서 역사는 오늘의 좌표를 설정하는 교훈이고, 문제 해결의 방법을 알려 주는 열쇠가 된다. 또한 역사는 미래를 가리키는 나침반인 동시에 미래를 밝혀 주는 등불인 것이다.

우리 한반도는 강대국들 사이에 끼어 있는 작은 땅이다. 우리가 하필 이 작은 땅에 태어나, 살다가, 여기에 뼈를 묻어야 하는 건 우리의 힘으로는 어찌할 도리가 없는 우리의 운명이고 숙명이다. 이 작은 땅, 약한 나라라서 5천여 년 동안에 크고 작은 외침을 931번이나 당했고, 끝내는 일본에게 나라를 빼앗기는 굴욕을 당하고 말았다.

'과거를 기억하지 못하는 사람은 그 과거를 되풀이한다.' 철학자 조지 산타야나의 말이다. '역사를 망각하는 민족에게는 미래가 없다.' 독립투사 단재 신채호 선생의 말이다. 치욕스러운 역사일수록 똑똑하게 기억해야만 하는 이유가 거기에 있다. 그래서 나는 일제 강점기의 굴욕과 핍박과 저항을 『아리랑』에 썼다.

그런데 그 이야기가 너무 길어 공부도 벅찬 학생들에게 꽤나 부담이 될 것 같았다. 그래서 좀 가볍고 쉽게 읽을 수 있도록 '청소년판'을 새로 엮게 되었다. 아무쪼록 우리 민족의 역사를 이해하는 데 청소년 여러분들의 친근한 벗이 되기를 바란다.

광복 70년, 분단 70년에

차례

제4부 동트는 광야

※ 일러두기

조정래 대하소설 『아리랑 청소년판』은 원작 『아리랑』을 청소년의 눈높이에 맞춰 분량을 줄이고 내용을 다듬는 것을 원칙으로 하였습니다. 다만, 소설의 특성상 역사 속 사건들의 현재성을 유지하기 위해 원작에서 사용한 방언 및 어휘를 그대로 따랐음을 알려드립니다.

1

탈출하는 땅

8월의 햇살이 부서지는 백사장은 시도록 눈이 부셨다. 하얀 물꽃 띠는 끊임없이 밀려와 백사장에 산산이 흩어졌다. 유난히 희고 긴 모래밭과 별나게 맑은 청옥빛 바다는 그지없이 아름다웠다.

명사십리 해수욕장은 피서객으로 붐비고 있었다. 윤철훈은 그 피서객들을 바라보며 공장 노동자들을 생각했다. 피서객들은 백사장에서 놀이를 하거나 바다에 뛰어들어 세상살이의 즐거움을 만끽하고 있는 이때, 노동자들은 폭염 속에서 진땀을 흘리며 하루 12시간 노동에 시달리고 있었다. 천당과 지옥이 따로 있는 게 아니었다.

"선생님, 이러고 계시면 어떡해요. 수영하고 계시라니까."

한 여자가 윤철훈 곁에 와서 앉으며 나직이 말했다.

"아, 최 선생. 일찍 왔군요."

윤철훈이 반겼다.

"덥지 않으세요? 명사십리는 물이 맑고도 차서 좋은데요."

최 선생이라는 젊은 여자는 지적인 인상을 풍겼다.

"실은 저 사람들 속에 휩쓸리고 싶지 않아서……."

윤철훈은 떨떠름하게 웃었다.

"그러실 줄 알았어요. 저쪽으로 산책하실까요?"

최현옥이 눈치 빠르게 말했다.

"그럽시다."

윤철훈은 기다렸다는 듯 재빨리 일어났다.

두 사람은 솔숲을 걸었다.

"아아스켁 얼음과자아―"

나무통을 멘 총각이 목쉰 소리를 지르며 지나갔다.

"얼음과자!"

최현옥이 총각을 불렀다.

얼음과자 장수가 잽싸게 뛰어왔다. 최현옥은 손가락 두 개를 펴 보이고는 지갑을 열었다.

윤철훈은 총각이 건네는 얼음과자 두 개를 받아 들었다.

"많이 더운 모양이지요?"

윤철훈이 얼음과자 하나를 최현옥에게 건네주며 웃었다.

"덥기도 하구요, 이걸 빨며 걸으면 연인처럼 보이잖아요."

최현옥이 생긋 웃었다.

"그렇기도 하겠소."

조직원다운 치밀함이라고 생각하며 윤철훈은 고개를 끄덕였다.

최현옥은 신간회와 결연을 맺고 있던 사회주의 여성 단체인 근우회에서 활동한 경력이 있었다.

"명사십리 경치가 마음에 드세요?"

최현옥이 왜 이런 하잘것없는 말을 꺼내는지 윤철훈은 알고 있었다. 사람들 눈을 피하자면 한참을 더 걸어가야 했던 것이다.

"마음에 들다 뿐이오? 눈부신 백사장, 맑은 바닷물, 이 푸르른 소나무 숲, 왜 명사십리를 조선 최고의 해수욕장이라고 하는지 알겠소."

"아주 문학적이시네요."

최현옥이 얼음과자를 핥으며 웃었다.

이야기를 하며 걷는 동안 사람들과 멀어져 있었다. 그들은 바다를 바라보고 앉았다.

"이 동지와 연락이 됐습니다."

최현옥은 아까와는 사뭇 다른 진지한 말투로 말했다.

"……."

윤철훈은 바다만 바라보고 있었다.

"한 이틀쯤 여기서 지내시면 배편이 마련될 겁니다."

"……."

"선생님 안전을 위해 제가 동무해 드리도록 결정했습니다. 이상입니다."

"더 검거된 사람은 없소?"

"예, 더는 없는데 공장마다 조사는 계속되는 모양입니다."

"이 동지가 내 일 처리하느라 괜히 위태로워지는 것 아닌지 모르겠소."

"안심하셔도 됩니다. 이주하 동지는 굉장히 치밀합니다."

"알고는 있소만 배를 구한다는 게 쉽지 않은 일이라서……."

"선생님께서 두 번 국경을 넘어야 하는 것보다는 배를 구하는 게 쉬운 일이지요."

"알겠소. 일단 그 일은 접어 둡시다."

윤철훈은 한숨을 쉬며 고개를 떨구었다.

그 한숨 소리에 어떤 죄책감을 느끼며 최현옥도 고개를 떨구었다. 윤철훈 같은 인물이 비밀리에 파견되었는데도 적색노조를 유지하지 못하고 검거에 휘말린 것은 일단 자신들의 책임이었다. 그런 데다 조직마저 드러나 간부들이 피신하지 않으면 안 될 위기에 빠졌고, 끝내는 윤철훈마저 탈출할 수밖에 없게 된 것을 생각하면 얼굴을 들 면목이 없었다. 그러나 그게 자신들의 잘못만은 아니었다. 총독부의 경찰력 강화, 만주사변의 여파로 일어나는 심리적 위축, 치안유지법을 앞세운 무차별 검거, 이 세 가지는 뛰어넘기 어려웠다.

최현옥은 그때까지 들고 있던 얼음과자 막대로 '독립·혁명'이라고 땅바닥에 쓰고 있었다.

윤철훈은 이런 식으로 조선 땅을 빠져나간다는 게 너무 허망하고 참담했다. 지난 3년 세월이 물거품이었다. 코민테른의 명령을 받고 동지들과 두만강을 넘어올 때는 두 가지 꿈에 부풀었다. 지식인 중심의 운동에서 벗어나 인민들 속으로 깊숙이 들어가 적색노조와 적색농조를 곳곳에 조직하고, 그 세력을 바탕으로 사회주의 혁명과 조국의 독립을 이룬다는 꿈이었다.

노동자와 농민을 상대로 한 활동은 놀랄 만큼 효과가 빨랐다. 노동자와 농민들이 바라는 것과 자신들의 실천 조항이 같았기 때문이었다. 8시간 노동, 차별 대우 철폐, 임금 인하 반대, 복지 제도 완비, 이런 것에 대한 노동자들의 반응은 뜨거웠다. 그리고 소작료 5·5제로 인하, 소작권 이동 반대, 무보수 부역 철폐, 마름(농감)들의 횡포 근절, 이런 것들은 농민들의 마음과 맞통했다.

그러나 일본 경찰과 맞서는 과정에서 실패를 거듭했고 결국 남은 것은 수많은 사람들이 고문당하고 감옥에 갇히는 상처뿐이었

다. 그래도 보람이 있었다면 쟁의를 통해 부분적으로 요구 조건
을 관철시킨 것과 사회주의 의식을 대중적으로 넓게 퍼뜨린 점이
었다. 일본 경찰은 가공할 살인 집단이었다. 일본 경찰은 끝없이
자행하는 폭력과 금력을 동원한 밀정 공작 두 가지로 이루어져
있었다. 그런데 폭력보다 더 문제는 밀정과 끄나풀이었다. 그들에
의해 조직이 탐지되었고, 그들은 모두 조선 사람들이었다. 조선
사람을 잡아먹는 조선 사람, 그 인간들 때문에 일본 경찰은 날로
강해지고 있었다.

'그 친일파, 민족 반역자들……'

윤철훈은 이를 뿌드득 갈았다. 그 무리부터 없애지 않고는 독립
은 절망적이라는 생각이 또 솟구쳤다.

"해삼위(블라디보스토크)로 돌아가시면 무슨 일을 하게 되시나
요?"

최현옥이 오랜 침묵을 깼다.

"아직 모르겠소."

윤철훈이 또 한숨을 내쉬었다.

"혹시 만주로 가시게 되지는 않을까요?"

"만주사변으로 소련과 일본이 정면 대치하는 상황이니 어떻게
될지 알 수 없소. 왜, 만주로 갈 뜻이 있소?"

"아닙니다. 윤 선생님 같은 분은 연해주보다 만주에서 활동하

시는 게 나라에 더 도움이 되지 않을까 싶어서요, 저녁 잡수셔
야지요."

최현옥이 낙서하던 얼음과자 막대를 멀찍이 던지며 일어섰다.

식당에서 저녁을 먹고 윤철훈과 최현옥은 바닷가로 나섰다. 바
다에 어스름이 내리고 있었다. 백사장에는 사람들이 드문드문했다.

쏴아…… 쏴아…….

파도가 밀려오고 또 밀려왔다.

"저하고 걸으시겠어요?"

"그럽시다. 또 하나 좋은 추억감이 되겠소."

윤철훈이 선뜻 동의했다.

"구두를 벗으셔야 해요."

최현옥은 구두를 벗어 들며 흥겨운 목소리로 말했다.

"알고 있소. 바지도 걷을 참이오."

윤철훈도 밝은 목소리로 대꾸했다.

두 사람은 구두를 벗어 들고 모래 비탈을 뛰어 내려갔다.

어스름은 서서히 어둠으로 바뀌고 있었다. 밀려온 파도가 그들
의 발목을 적시고는 밀려 나가곤 했다.

"전 놀랐어요."

"왜요?"

"선생님이 구두 벗으시는 걸 보구요."

"아니, 구두를 안 벗고 어쩌겠소."

"전 선생님이 아예 해변을 안 걸으실 줄 알았거든요. 갑자기 무슨 일이 생길지 모르니까요. 여기도 완전히 안전하지는 않잖아요."

"그런 걸 보고 긴장 과잉이라고도 하고 소심증이라고도 하지요. 무슨 일이 벌어지려면 아까 최 선생이 도착하고 30분 안에 벌어졌을 거요."

쏴아, 밀려드는 파도 소리가 윤철훈의 말을 지우고 있었다.

"그럼 저는 이제 쓸모가 없네요."

"그게 무슨 소리요? 나보고 지루해서 어떻게 시간을 보내라는 거요? 그리고 남자 혼자 하루 종일 해수욕장을 어슬렁거리면 그게 바로 수상쩍은 것 아니오?"

"기분 나빠서 저는 내일부터 안 오려고 했어요. 후후후……."

최현옥이 웃었다.

"알아서 하시오. 내 운명은 최 선생 손에 달렸으니까."

'내 손에!'

최현옥은 가슴이 찡 울렸다. 자신의 능력으로 정말 이 남자의 운명을 좌우할 수 있다면 얼마나 좋을까 하는 생각이 퍼뜩 떠올랐다.

'결혼하셨나요?'

이 말이 입술 끝까지 나왔지만 되삼키고 말았다. 실망하고 싶지 않았다. 그리고 속마음을 들키고 싶지 않았다.

"혹시 이동휘 선생을 잘 아시나요?"

최현옥은 생각나는 대로 얼른 말머리를 돌렸다.

"예, 한때 모시고 일했으니까요."

"그분은 어떻게 활동을 하고 계시나요? 그분이 여기에도 학교를 세우셨는데."

"예, 그분이 만주로 뜨시기 전에 100여 개의 학교를 세우셨지요. 헌데, 내가 떠나올 때 그분은 모든 활동을 중지한 상태였어요. 몸이 많이 쇠약해지셔서."

"연세가 어떻게 되는데요?"

"그때 아마 예순이셨을 겁니다."

"기가 막히시겠어요. 독립도 못 보고 타국 땅에 몸져누우셨으니."

"그런 분들 심정이야 이루 말할 수가 없겠지요."

"그만 숙소로 가시는 게 어떨까요. 너무 늦으면 전 원산으로 나가기 힘들어지거든요."

"그럽시다. 시간도 꽤 된 것 같소."

두 사람은 모래 비탈을 올라갔다.

"편히 주무세요. 내일 아침 일찍 오겠어요."

최현옥은 바로 돌아섰다.

이튿날 아침 윤철훈은 최현옥이 와서 문을 두들기고서야 눈을 떴다.

"선생님, 빨리 떠날 채비하세요. 배가 하루 앞당겨 올 것 같아 장소를 옮겨야 해요."

최현옥이 속삭이듯이 말했다.

"응, 잘됐소. 갑시다."

"오늘부터 수산 공장, 고무 공장, 성냥 공장에서 동시에 쟁의를 일으킬 거예요. 윤 선생님 무사히 떠나시게 하려고 경찰의 신경과 관심을 그쪽으로 잡아끄는 거지요."

"저런, 그렇게까지 할 건 없는데……."

윤철훈은 가슴이 뭉클했다.

"그런 말씀 마세요. 윤 선생님 같은 분을 무사히 떠나시게 하는 게 저희들의 책무예요."

최현옥은 숙연하게 말하고는, "그런데 재작년에 체포된 사회주의 운동가들이 4,400여 명이었고, 작년에는 2천 명을 넘었고, 금년에도 벌써 1,400명을 넘었어요. 이런 식으로 가면 앞으로 운동이 어떻게 될까요?"라며 우울한 얼굴로 윤철훈에게 눈길을 돌렸다.

윤철훈은 난처했다. 조선 땅을 떠나는 입장에서 대답하기 어려운 질문이었다.

"왜놈들이 뿌리를 뽑겠다고 발악적으로 경찰력을 동원하고 있는 걸 멈추진 않을 거요. 그러니까…… 솔직히 말하자면 전망이 밝지 못하오."

윤철훈은 고통스럽게 말했다.

"네, 그럴 거예요. 친일파들만 자꾸 늘어나고……."

최현옥은 다 알고 있다는 듯 담담하게 말했다.

윤철훈은 순간적으로 수치심을 느꼈다. 불구덩이에서 혼자만 빠져나가는 기분이었다.

어둠을 타고 남자 조직원이 윤철훈과 최현옥의 은신처로 찾아들었다.

"제가 선생님을 여도까지 모시고 갈 겁니다. 선생님은 여도에서 배를 바꿔 타시게 됩니다.

남자 대원의 말이었다.

"갑시다."

윤철훈은 남자 조직원을 따라나섰다.

어두운 해변에 작은 배가 기다리고 있었다.

"최 선생, 이제 이별합시다. 아이들 잘 가르치고……."

"선생님……."

최현옥의 목소리가 잠겨 들었다.

"너무 섭섭한데 우리 러시아식으로 이별합시다."

윤철훈과 최현옥은 양쪽 볼을 번갈아 가며 비볐다.

"잘 있어요, 부디 건강하고……."

"선생님, 안녕히……."

최현옥은 말끝을 맺지 못했다.

배는 이내 어둠 속으로 자취를 감추었다. 최현옥은 어둠의 장막을 응시한 채 움직일 줄 몰랐다.

2

격랑 속의 격랑

"양 장군께서 피살되셨다!"

조선혁명당군 병사들은 그 느닷없는 소식에 모두가 얼이 빠져 버렸다.

"조밭에서 미리 기다리고 있던 일본군에게 기습당하셨소. 중국 항일군이 연합작전을 제의했다는 것은 밀정 박창해와 왕가가 꾸민 계략이었소."

이 소식을 듣고 병사들은 땅바닥에 주저앉아 통곡했다. 그들에게 양세봉 장군은 하늘이었다.

그런데 더 기막힌 것은 일본군이 시신마저 가져가 버렸다는 것이었다.

"시신이라도 찾아야 해."

"치고 들어가자. 원수를 갚아야지."

병사들은 분노를 터뜨렸다. 그러나 상부에서 그들을 말렸다.

"우리는 지금 양 장군님께 화를 입힌 일본군이 어느 부대이며, 양 장군님의 시신이 어디 있는지도 모릅니다. 이런 형편에 분노만 앞세워 군사행동에 나섰다가는 적에게 당하고 맙니다. 지금 간부진에서 일본군 어느 부대가 양 장군님께 화를 입혔는지, 양 장군님 시신은 어디 있는지 찾고 있습니다. 그 사실을 확인한 다음에 공격해도 늦지 않습니다. 그때까지 여러분은 복수의 의지를 더 굳게 가다듬어 주시기를 간절히 바랍니다."

조선혁명당군 600여 명은 그 말을 따를 수밖에 없었다.

김건오는 다른 병사들과 마찬가지로 맥이 풀렸다. 전투가 벌어질 때마다 적이 어디로 어떻게 공격해 올지, 아군이 적을 어디서 어떻게 공격해야 할지를 환히 알아 싸웠다 하면 승리를 거두던 그분이 밀정의 계략에 넘어가다니, 생각할수록 안타깝고 허망하기만 했다.

"세상에 아무리 밀정이라도 양심이 있지. 어찌 그런 분을……."

"그분이 어디 싸움만 잘하셨소. 부대를 이끈 지 10년이 넘는데, 민폐를 끼치거나 위세를 부린 일이 한 번도 없지 않았소?"

"그럼요, 양세봉 장군이 이끄는 병사들은 마당도 쓸어 주거나,

장작을 패 주거나, 울타리를 고쳐 주고서야 밥을 얻어먹었지요. 그냥 밥을 얻어먹은 일이 없었다니까요."

"싸움에 진 일 없고, 생각 깊고, 덕 있고, 세상에 둘도 없는 분이셨는데."

동포들은 하나같이 양세봉 장군의 죽음을 억울해하고 애석해했다. 그럴 수밖에 없는 게 양세봉 장군은 여러 차례의 큰 전투에서 일본군을 연달아 대파해 동포들 사이에서 '군신(軍神)'으로 불리고 있었다.

일본군이 그런 민심을 모를 리 없었다. 일본군은 양세봉 신화를 파괴하는 작업에 나섰다.

일본군 부대가 어느 조선인 마을로 들이닥쳤다.

탕! 타당, 탕, 탕!

"나와라! 모두 다 나와!"

"아이들까지 다 나와!"

일본군들은 총을 쏘아 대며 집집마다 들쑤시고 다녔다.

마을 사람들은 영문도 모른 채 아이들까지 데리고 공터로 끌려나왔다.

"마차에서 그걸 저 앞으로 끌어내려라!"

지휘관이 부하들에게 명령하며 지휘봉으로 공터 가운데를 가리켰다.

"넷!"

네 명의 군인이 재빨리 달구지로 다가갔고 한 사람이 거적을 걷었다. 거적 밑에서 시체가 드러났다. 네 명의 군인이 시체를 공터로 옮겼다. 그리고 달구지에서 작두를 가져왔다.

지휘관이 마을 사람들 앞으로 걸어왔다. 마을 사람들은 모두 고개를 떨구었다.

"너! 이리 나와!"

그의 지휘봉이 한 사람을 겨누었다. 쉰이 넘어 보이는 농부였다.

일본군 지휘관은 시체 가까이 갔고, 그 농부는 잔뜩 움츠린 채 그에게 끌려갔다.

"이게 누군지 알겠나?"

일본군 지휘관이 지휘봉으로 시체의 얼굴을 가리켰다.

"예에……"

농부의 목소리가 부들부들 떨렸다.

"누군가? 다 알아듣게 크게 말하라!"

일본군 지휘관이 소리를 질렀다.

"양, 양 장군님……."

"더 크게 말해!"

일본군 지휘관이 지휘봉으로 농부의 목을 후려쳤다.

"양 장군님이시오."

농부는 큰 소리로 울부짖었다.

"그렇다, 대일본 제국에 반역을 꾀한 불령선인들의 괴수 양세봉이다. 이놈이 제아무리 날뛰어도 결국 무적의 일본군 손에 이 꼴로 죽었다. 그동안 너희들은 이놈을 장군이라 부르고 그것도 모자라 군신이라고 떠받들었다. 그 죄를 생각하면 네놈들 목을 모조리 쳐도 모자란다. 그러나 인자하신 천황 폐하께서는 너희를 용서해 주셨다. 그 하늘 같은 은혜에 너희들은 무엇으로 보답하겠는가! 바로 저 반역도배의 목을 너희들 손으로 치고, 충성을 맹세해야 한다. 너, 대표로 저놈 목을 작두로 쳐라!"

일본군 지휘관은 지휘봉으로 농부를 겨누었다.

그러나 농부는 꼼짝을 않고 서 있었다.

"안 들리나! 명령을 거역하면 네놈 목이 날아간다. 어서 쳐라!"

일본군 지휘관은 니뽄도를 획 뽑아 들며 또 소리쳤다.

그러나 농부는 여전히 고개를 가로저었다.

"마지막으로 명령한다. 빨리 저놈 목을 쳐라!"

그러나 농부는 또 고개를 가로저었다.

"바까야로 조센징!"

일본군 지휘관이 날카롭게 외치며 긴 칼을 휘둘렀다.

농부의 몸이 휘청하더니 땅바닥에 쿵 부딪혔다. 잠시 후 반 넘게 잘린 목에서 시뻘건 피가 뿜어져 나오기 시작했다.

"다들 똑똑히 봤지! 명령을 거역하면 다 저 꼴이 된다."

일본군 지휘관은 이빨을 갈아붙이듯 말하며 다시 마을 사람들

앞으로 내달았다.

"너!"

일본군 지휘관은 또 한 사람을 가리켰다. 이번에는 서른대여섯 쯤 돼 보이는 농부였다.

앞으로 끌려 나간 농부에게 지휘관이 명령했다.

"저놈 목을 쳐라!"

"이건 너무하십니다."

젊은 농부가 부르짖었다.

"칙쇼(빌어먹을)!"

일본군 지휘관이 또 니뽄도를 휘둘렀다.

뎅겅 잘린 목과 몸뚱이가 따로따로 땅바닥에 쿵! 쿵! 나뒹굴었다.

"이놈의 새끼들이……, 너!"

이번에 지목당한 농부는 마흔다섯쯤 되어 보였다.

"어서 저놈 목을 쳐라!"

세 번째 농부도 고개를 저었다.

"바까야로!"

니뽄도가 번쩍 빛나면서 또 허공을 갈랐다.

세 번째 농부도 나자빠졌다.

"어디 누가 이기나 보자. 너!"

네 번째 지목당한 남자는 쉰 살쯤 먹어 보였다.

"네놈도 죽겠느냐!"

눈이 벌겋게 충혈된 일본군 지휘관이 니뽄도를 치켜들었다.

"아, 아닙니다."

네 번째 농부가 곧 주저앉을 듯 몸을 움츠리며 손을 저었다.

"그럼 빨리 저놈 목을 처라!"

"예에…… 예에……."

네 번째 농부가 허둥거리며 양세봉 장군의 시체 옆으로 다가갔다. 그는 작두날을 잡은 채 와들와들 떨고 있었다.

"빨리 처라!"

일본군 지휘관이 외쳤다.

농부가 괴상한 소리를 지르며 작두날을 내리쳤다. 그리고 농부는 픽 고꾸라졌다. 양세봉 장군의 목이 잘리고, 농부는 기절한 것이었다.

믿을 수 없는, 그러나 분명히 벌어진 그 일은 조선 사람들의 동네에서 동네로 거센 바람이 되어 퍼져 나갔다. 그리고 또 다른 소문이 뒤를 이었다. 일본군이 양세봉 장군의 목을 대창에 꽂아 조선 사람들의 동네를 돌며 그 얼굴에 침을 뱉게 한다는 것이었다.

조선혁명당군 총사령관 양세봉이 피살당한 것은 1934년 9월 18일이었다. 그의 나이 38세였다.

10월로 접어들면서 동북 만주의 짧은 가을이 스러지고 있었다.

그런데 연길현, 화룡현, 왕청현, 훈춘현의 산간 지역에는 계절과 달리 이상한 열기가 흐르고 있었다. 그곳에는 중국공산당 만주성위원회 소속 동만특위의 항일유격대 동북인민혁명군이 자리잡고 있었다.

　노병갑은 야간 경계 근무를 끝낸 중대원들을 이끌고 부대로 돌아오자마자 동만특위 선전부장 홍완섭에게 연락병을 보냈다.

　"다녀왔습니다. 곧 오시겠답니다."

　연락병의 보고였다.

　"그래, 수고했다. 가서 쉬어."

　노병갑은 야간 근무로 밤잠을 못 자 몸이 무거웠다.

　'어제는 또 몇 명이 당했나……'

　노병갑은 얼굴을 잔뜩 찡그렸다. 날마다 그 생각에 쫓기기도 지겨웠고, 그러기를 벌써 반년이 넘었다.

　"야간 근무했다고?"

　홍완섭이 들어서며 물었다.

　"응, 어서 오게. 어젠 또 어찌 됐나?"

　노병갑은 홍완섭이 앉기도 전에 물었다.

　"이거 참, 세 명이 당하고 한 명이 탈주했네."

　홍완섭이 목소리를 죽이며 얼굴을 일그러뜨렸다.

　"중국 놈들이 쓸 만한 조선 사람 씨를 말리자는 것 아냐? 지금까지 당한 사람이 줄잡아 400명이 넘어. 나도 언제 당할지 모르니 불안해서 미치겠네. 신흥무관학교를 졸업한 뒤로 난 손에서 총을 놓아 본 일 없이 살았는데, 그 긴 세월보다 올해 반년이 더 지긋지긋하고 불안하네. 일본군이 곧 토벌을 시작한다는데 그 대비는 않고 언제까지 이놈의 민생단 투쟁으로 제 발등 찍는 짓을 할 건가? 상부에서는 이런 문제를 생각도 안 하고 있나?"

노병갑이 안타깝게 말했다.

"조선 간부들이 이의를 제기하고 있는데 중국 간부들 태도가 워낙 완강해서 아직 해결이 안 되고 있네. 간부 회의가 열리면 또 문제를 삼을 거네."

"흥, 조선 사람들 다 죽인 다음에? 민생단 투쟁이란 순전히 중국 놈들이 쓸 만한 조선 사람들을 다 없애고 실권을 장악하기 위한 조작극이야. 간부급 조선 사람들이 제 놈들보다 더 똑똑하겠다, 수도 서너 배는 더 많겠다, 그러니 그런 누명을 씌워 없애는 수밖에 더 있겠어."

"어허 이 사람아, 그런 소리 마. 나 그만 가 봐야 하니까 또 연락하세."

홍완섭은 거침없이 쏟아지는 노병갑의 말이 두려운 듯 서둘러 일어섰다.

노병갑은 어제 당한 사람들이 누구일까 생각했다. 6개월 넘게 대원들이 죽지 않는 날이 거의 없었다. 적과 싸워서 죽는 것이 아니고 민생단, 곧 왜놈의 밀정이라는 의심을 받고 같은 대원들의 손에 처형당하는 것이었다. 처형을 하는 쪽은 수가 적은 중국 사람들이었고 처형을 당하는 쪽은 수가 많은 조선 사람들이었다.

노병갑은 방대근의 말을 듣고 중국공산당 조직에 들어온 것을 또 후회했다. 민생단 사건이 일어나면서 그 후회는 커지기만 했다. 그러나 이제 와서 공산당 조직을 떠날 수도 없었다.

지난해 9월 노병갑이 속한 독립군이 와해되었다. 그때 독립을 위해서라면 공산주의든 무엇이든 가리지 말고 힘을 합쳐야 한다는 방대근의 말이 떠올랐다.

노병갑은 공산주의자들에 대해 다시 생각해 보았다. 그들에게는 세 가지의 새롭고 특이한 점이 있었다. 첫째, 그들은 일본군이나 만주군의 무기를 빼앗아 유격대를 조직했다. 둘째, 가난한 농부들의 편을 들어 지주들의 횡포에 맞섰다. 셋째, 주민들에게 돈을 걷지 않았다. 이 세 가지는 그전의 독립군들과 완전히 달랐다. 그 점에서 노병갑은 공산주의자에게 호감을 갖게 되었다. 그는 지난날의 감정을 잊고 공산주의자들과 힘을 합치기로 했다.

노병갑은 자신의 부하 50여 명을 이끌고 중국공산당 동만특위 유격대로 들어갔다. 동만특위에서는 대환영이었다. 완전무장한 50여 명의 병력이란 그대로 하나의 독립 유격대였던 것이다. 그런데 모든 대원이 날마다 두 시간씩 공산주의 학습을 받으라는 조건이 붙었다. 노병갑은 흔쾌히 응했다.

그런데 학습 강사로 나타난 사람이 뜻밖에도 신흥무관학교 동창 홍완섭이었다.

동북인민혁명군 제2군 독립사 제3단 제3중대장이 된 노병갑이 처음 맞닥뜨린 것은 일본군이 아니라 자체 내에서 벌어지고 있는 민생단원 처형이라는 회오리바람이었다. 소수의 중국인들이 다수의 조선인들을 마구잡이로 사냥하는 격인 그 사건이 무슨 영문인지 몰라 노병갑은 어리둥절할 수밖에 없었다.

"도대체 민생단 투쟁이라는 게 뭔가?"

학습이 끝나고 나서 노병갑은 홍완섭에게 조용히 물었다.

"그래, 자네도 간부로서 알아 둬야 할 일이지. 만주사변이 일어나고 만주국이 세워지기 직전인 1932년 2월에 조선에서 용정으로 건너온 친일파 김성호가 왜놈들의 사주를 받아 민생단이란 것을 조직했네. 민생단은 북간도의 공산주의 운동을 파괴하는 밀정 스파이 단체였네. 민생단원들은 유격 근거지까지 침투해서 간도 자치며 생활 보장, 조선인 우대 등을 내세우며 내부 분열 공작을 획책했네. 그렇게 5개월쯤 활동하다가 해산했지. 그런데 문제는 그놈들의 활동이 뒤늦게 드러나면서 유격 근거지에서 조선 사람이면 일단 민생단 분자로 의심하는 사태가 벌어졌네."

"이런 놈의 일이 있나. 지난 1년 동안 죽은 조선 사람이 300명이 넘는다는데, 사실인가?"

"아마 그럴 거네."

"자네 생각으로는 그중에서 몇 명이나 진짜 민생단이라고 생각하나?"

"그런 것 묻지 마."

홍완섭은 눈을 질끈 감아 버렸다.

노병갑은 이래저래 불안과 초조에 휘말려 있었다. 그나마 일본군과 싸울 때 마음이 편했다. 총알이 빗발치는 속에서는 그런 생각이 끼어들 틈이 없었다.

예상대로 일본군의 대대적인 토벌 작전이 시작되었다. 노병갑은 오히려 살아난 기분이었다. 그 대공세에 맞서는 게 급해 중국 공산주의자들도 민생단 투쟁을 중지하지 않을 수 없으리라 싶었다.

노병갑은 나흘째 일본군과 전투를 벌이고 있었다. 그런데 뜻밖에도 홍완섭과 가까운 김균이 찾아왔다.

"이거 홍완섭 형이 보내는 편지요."

김균이 화투짝 절반 크기로 접은 종이를 내밀었다.

노병갑은 서둘러 종이를 펼쳤다. 거기에 어서 피하라는 홍완섭의 휘갈겨 쓴 글씨가 적혀 있었다.

"어떻게 된 거요?"

편지를 구기는 노병갑의 눈에서 불꽃이 일었다.

"홍 형이 체포됐소. 체포되기 직전에 편지를 써 줬소. 나도 노 형과 함께 행동하라고……."

"아니 그럼, 김 형도 의심받고 있단 말이오?"

"누군가가 홍 형을 얽어 넣으면서 우리도 지목한 것 같소."

"아니, 어떻게 홍 형 같은 사람이 당한단 말이오? 도저히 더는 참을 수 없소. 이 중국 놈들을 다 쓸어 없애고 말겠소."

노병갑이 이를 뿌드득 갈며 권총을 빼 들었다.

"노 형이 백전노장이라는 건 알지만 노 형 부대만으로는 무모한 짓이오."

김균의 목소리가 떨렸다.

"내 말을 잘못 알아들으셨소. 난 일본군 쪽으로 넘어가겠다는 거요. 그래서 중국 놈들을 싹 쓸어 버리겠소."

"안 되오. 중국 공산주의자들이 분명 잘못하고 있지만 그건 일부일 뿐이오. 홍 형은 민생단 투쟁이 없는 남만주 지역의 유격대로 가라는 것이오."

김균이 사정하듯 말했다.

"거기 간들 그런 일이 없겠소? 그쪽에서도 그런 일이 일어나면 조선 사람들은 또 중국 놈들의 개밥이 될 거 아니겠소."

노병갑이 대들듯 말했다.

"……."

김균은 더 입을 열지 못했다.

"김 형, 빨리 마음을 정하시오. 난 곧 행동에 들어가겠소."

노병갑은 권총을 더 힘껏 틀어쥐었다.

"난…… 혼자서라도 남만주로 가겠소."

김균은 독백하듯이 말했다.

"그놈들이 곧 들이닥칠지도 모르오. 난 가 보겠소."

노병갑은 돌아서서 빨리 걷기 시작했다.

김균은 노병갑의 뒷모습을 멍하니 바라보고 서 있었다. 그동안에도 위기에 처한 사람들이 더러 노병갑처럼 일본군으로 넘어간 경우가 있었다. 민생단 투쟁이란 회오리가 빚어낸 비극이었다. 김균은 노병갑을 막지 못한 자신의 무능을 탓하며 돌아섰다. 남만주까지 머나먼 길을 가야 했다.

3

아버지를 찾아서

송중원의 아내 하엽은 김제경찰서의 출두 명령을 받았다. 경찰에서 나오라는 사람은 송중원이었다.

"아그들 아부지는 여기 없는디요."

하엽은 두려움에 가슴을 떨며 이렇게 말했다.

"그럼 당신이라도 나와."

"저…… 무슨 일인지……."

"그야 출두허면 알 일이고."

경찰은 차갑게 내쏘고는 자전거를 타 버렸다.

하엽은 넷째인 딸아이를 업고 친정으로 발길을 서둘렀다. 혼자 경찰서에 갈 엄두가 나지 않았다.

"별일 아닐 것이니 너무 걱정 말고, 나허고 함께 가 보도록 허자."

신세호는 딸을 바라보며 엷은 웃음을 지었다. 망건을 단정하게 쓴 그의 머리에 희끗희끗 흰머리가 섞여 있었다.

다음 날 신세호는 딸과 함께 경찰서를 찾아갔다.

"송중원이가 사위라고요? 그럼 송수익이하고는 사돈이란 말이오?"

"예에……"

신세호는 그때서야 송수익에게 무슨 일이 생겼구나 하고 퍼뜩 생각했다.

"송수익이 15년형을 선고받고 봉천 제2감옥에 갇혔소. 죄목은 관동군 총사령관 살해 음모요."

"……언제 그런 일이……?"

신세호는 다 허물어진 가슴을 수습하며 겨우 입을 열었다.

"나도 더는 모르겠소. 여기 더 씌어 있는 게 없으니까."

신세호는 집으로 돌아가는 내내 15년을 생각했다. 15년이면 남은 생의 다였다.

'죽일 놈들, 감옥에서 죽이려는 거로구나…….'

신세호는 찬바람 가득한 들길을 걸으며 탄식했다. 하엽이는 아버지 뒤를 따라가며 자꾸 눈물을 훔쳤다.

이튿날, 신세호는 서울 잡지사로 찾아가 송중원, 가원 형제를 만났다.

"어저께 통고를 받았는디, 춘부장께서 15년형을 선고받고 봉천 제2감옥에 갇히셨네. 관동군 총사령관 살해 음모라는디, 이 일을 어찌해야겠능가?"

신세호가 앉음새를 고쳤다.

"하루빨리 면회를 가야지요. 거긴 지금 말도 못 하게 추울 텐데요."

송중원이 잠긴 목소리로 말했다.

"면회는 면회고, 제가 아주 봉천으로 가서 살겠습니다. 보나 마나 고문을 당하셔서 건강이 나쁘실 거고, 앞으로 옥바라지를 해야 하니까요."

송가원은 미리 준비라도 하고 있었던 것처럼 말했다.

"그 일이야 그리 급히 결정헐 일이 아닐 것인디. 안사람허고 의논도 해야 허고……."

신세호가 느리게 고개를 저었다.

"아닙니다, 전 그전부터 만주로 갈 생각을 하고 있었습니다. 그런데 아버지가 변을 당하셨으니 이젠 당연히 가야 하지 않겠습니까?"

송가원은 단호한 눈빛으로 신세호와 형을 바라보았다.

'그래, 사내다워 좋다!'

신세호는 가슴이 확 뚫리는 것처럼 시원했다. 가원이는 그 생김대로 형하고는 다르다 싶었다.

"글쎄, 옥바라지를 나서도 내가 나서야지……."

송중원이 동생에게 고개를 저었다.

"예, 형님이 장남이니 그렇게 말하는 건 당연하지요. 허나 이 문젠 잘 따져 보고 결정해야 합니다. 형님은 두 번씩이나 감옥살이를 한, 왜놈들이 볼 때는 고약한 전과자에 요주의 인물입니다. 왜놈들이 고이 두만강을 건너가게 둘 것 같습니까? 강을 건넌 사실만으로도 감옥살이를 또 해야 하고, 독립운동을 했다는 혐의까지 뒤집어씌울 게 뻔하지 않습니까? 그리고 형님은 아직 건강도 좋지 않고 만주에서 직업을 구하기도 어렵습니다. 헌데 저는 조선총독부가 인가한 의사입니다. 전과도 없고, 몸도 건강합니다. 자, 누가 만주로 가야 하겠어요? 사장 어른, 어떻게 생각하십니까?"

송가원은 어서 판정을 내리라는 듯 신세호에게 눈길을 돌렸다.

"……얘기를 들어 보니 가원이 사돈 말이 일리가 있네. 일을 잘 풀자면 동생 말대로 허는 것이 좋겠는디, 그리되면 장남인 자네가 난처해지기는 허제. 허나 부모 일에 장남 차남 따로 있는 것이 아니니 그 점도 생각허면 좋겠네."

신세호는 형인 송중원의 입장을 살리면서도 동생 가원이의 의견에 손을 들어 주었다.

"허지만 네 처 말도 안 들어보고……."

송중원이 침울하게 말했다.

"그건 염려 마세요."

송가원은 자르듯이 말했다.

"되았네, 자네들 둘 다 효자로구만. 그 문제는 그리 정허고, 면회는 언제 떠날 것인가?"

신세호가 한 가지 문제를 마무리 지으며 말머리를 돌렸다.

"그야 빠를수록 좋지 않겠습니까?"

송중원의 빠른 대답이었다.

"차입할 옷도 준비해야 하니까 아무리 서둘러도 사오 일 뒤에나 떠나게 될 겁니다."

송가원은 형의 옥바라지 경험을 생각하며 말했다.

"그러겄제. 그사이에 나는 길 떠날 채비를 혀서 올 것잉게 자네들도 준비허게."

신세호가 곰방대의 재를 털며 말했다.

"장인어른께서도 가시게요?"

"하면, 아무것도 헌 일 없이 산 죄가 큰디 면회는 가야제."

송중원은 장인의 겸손에 얼굴 뜨거워졌다. 장인은 무기만 들지 않았을 뿐 끈질기게 반일의 길을 걸어왔고, 정작 아무것도 하지 않은 것은 자기 자신이었다.

잡지사를 나온 송가원은 그 이야기를 아내에게 언제 어디서 하는 게 좋을지 생각했다. 어차피 해야 할 이야기이니 때는 빠를수록 좋았다. 그런데 어디서 이야기를 해야 좋을지 마땅치 않았다. 분명한 것은 집은 안 된다는 사실이었다. 집에서 단둘이 앉아 감정 상하는 말이 오가다 보면 자연히 일이 시끄럽게 될 위험이 컸다. 그런 경험은 그동안 여러 차례 있었다.

송가원은 평소에 아내가 들먹이던 장소를 떠올리려 애쓰다가 문득 반도호텔이 떠올랐다.

병원으로 들어선 송가원은 집으로 전화부터 걸었다. 집에 그 비싼 전화를 놓은 것도 아내의 허영기 때문이었다. 아내는 그 전화를 친구들과 수다 떨기, 중국집에 음식 시키기로 써먹었다.

"아니, 어쩐 일이세요? 전화를 다 하고."

아내 곁에 있는 여자들의 웃음소리가 들려왔다.

"다름이 아니고, 조금 있다가 반도호텔로 나오시오. 저……."

"어머머, 웬일이에요, 당신?"

박미애가 화들짝 반가워하는 바람에 송가원의 말은 토막 나고 말았다.

"별거 아니고, 저녁이나 함께 먹자는 거요."

"어머머, 갑자기 무슨 일이에요? 해가 서쪽에서 뜨겠어요. 무슨 좋은 일 있어요?"

박미애의 목소리가 들뜨고 있었다.

"이따 6시 반에 만납시다. 전화 끊겠소."

송가원은 먼저 전화를 끊었다.

세련된 회색 투피스에 아이보리색 블라우스를 받쳐 입은 박미애는 진주 목걸이에 다이아 반지까지 낀 일류 멋쟁이 차림이었다. 화장도 아주 진했다.

"우리 친구들이 난리가 났었어요. 멋지다구요."

박미애는 상글상글 웃었다.

"자, 우리 밥 먹으면서 차분하게 얘기하도록 합시다."

송가원은 종업원에게 손짓했다.

대나무 바구니에 빵이 담겨 나오고, 종업원이 유리잔에 와인을 따랐다.

"이제 무슨 일인지 얘기 좀 해 보세요. 궁금해 죽겠어요."

술을 한 모금 마신 박미애가 빵을 집으며 말했다.

"그럽시다. 당신은 아까부터 좋은 일일 거라고 생각하는데, 마음 크게 먹고 내 얘길 들어 보시오."

그는 아내를 똑바로 바라보았다.

박미애의 얼굴에 웃음기가 싹 사라졌다.

"지금 아버지께서 15년 형을 받고 봉천 제2감옥에 갇혀 계시오."

"어머……!"

박미애가 놀라며 얼굴이 울상이 되었다.

"오늘 알았는데, 앞으로가 문제요. 그래 여러모로 생각했는데, 오랜 기간 옥바라지를 하려면 우리가 봉천으로 이사를 가야 할 것 같소."

"어머, 장남이 있는데 왜 차남이 나서요?"

박미애가 거침없이 내쏘았다.

"알다시피 형님은 감시받고 있어서 갈 수 없소. 그리고 부모 일에 장남 차남이 어딨소?"

"고작 이런 얘기나 하자고 날 불러냈어요? 이런 얘기라면 집에 가서 해요."

박미애는 발딱 일어나 돌아섰다.

'저런 불쌍것 같으니라고!'

송가원은 분노가 치솟았다. 아내가 자리를 박차고 나가서만이 아니었다. 그 말은 바로 아버지를 모독하는 거였다.

송가원은 쫓아 나가지 않았다. 쫓아 나가서 나아질 것은 아무것도 없었다. 어차피 기대하지도 않았고, 결과는 예상대로였다. 아내는 이사 가는 것을 분명히 반대했고, 자신은 만주로 가겠다고 분명히 알렸다. 그럼 이야기는 끝난 셈이었다.

떠나기 전에 공허 스님을 만나고 싶었다. 하지만 뜻대로 될 일이 아니었다. 공허 스님한테 이 소식을 알리려면 옥비를 찾아가는 수밖에 없었다. 옥비를 만난다는 것이 죄스러워 혼인한 뒤로는 한 번도 만나지 못했다.

송가원은 반도호텔을 나섰다. 밖은 어두워 있었다. 그는 술집을 찾아 발길을 옮겼다.

"나는 만주 벌판에 무릎 꿇고 앉은 자네 춘부장의 모습에서 혁명가의 외롭고도 위대한 모습을 보았지. 그때의 전율을 뭐라고 해야 할까? 난 그 후로 힘든 고비마다 그 모습을 떠올리며 힘을 얻고는 했네."

허탁의 말이 떠올랐다.

혁명가의 외롭고도 위대한 모습…….

아버지는 지금 얼마나 외로우실까? 고문인들 오죽 심하게 당하셨을까? 건강은 얼마나 상하셨을까? 무슨 수를 쓰든 아버지를 지켜내야 한다.

송가원은 청진동 뒷골목의 술집으로 들어섰다. 빈대떡 부치는 기름 냄새 속에 사람들이 왁자하게 떠들고 있었다. 송가원은 소주와 빈대떡을 시켰다. 빈대떡 부치는 기름 냄새 때문일까? 문득 어머니가 떠올랐다. 양쪽 관자놀이로 눈물이 흘러내리던 돌아가시기 직전의 모습이었다. 끝내 말할 능력을 회복하지 못한 채 돌아가신 어머니는 그 눈물로 말을 대신하신 것이었다. 그 눈물의

48

말은 무슨 뜻이었을까? 어쩌면 마지막으로 아버지를 그리워한 것은 아니었을까?

송가원은 소주를 들이켜고 또 들이켰다. 그러나 술은 취하지 않았다.

"박헌영이 6년 언도를 받았으니 사회주의자들의 활동도 이제 끝장난 거 아닌가?"

"글쎄, 박헌영파 말고도 그 사람들 파가 여럿 아닌가?"

"박헌영이 그렇게 됐으니 다른 파 사람들도 기가 꺾이지 않겠느냐 그 말이지."

맞은편 자리에서 나누는 이야기였다. 송가원은 허탁을 생각했다. 허탁은 피해 다니면서도 노동자들을 상대로 적색노조 조직과 노동쟁의를 지도하고 있었다. 그런데 허탁은 형을 그 운동에 끌어들이지 않았다. 형의 건강을 생각한 배려였다. 허탁과 처형인 박정애의 관계가 끊어진 지도 1년이 다 되었다. 허탁을 바라보다 지친 박정애가 연극을 한다는 남자와 눈이 맞으면서 끝이 난 것이었다.

송가원은 자정이 가까워 술집에서 나왔다. 술을 워낙 많이 마셔 정신이 오락가락했다. 그러나 집에 들어가지 않겠다는 생각만은 뚜렷했다. 아내와 싸우고 싶지 않았고, 혹시라도 아버지에 대해 불경하게 지껄일지 모를 말을 피하고 싶었다. 그런 말을 한마디라도 들으면 자신이 어떻게 행동할지 장담할 수가 없었다.

송가원은 비틀거리며 집 반대쪽으로 걸어가고 있었다.

4

교차점

　"존경하는 재판장님, 본 변호인은 피고 손일남의 살인미수죄를 인정하는 입장에서 최후 변론을 하고자 합니다. 피고 손일남은 양복 재봉 기술을 익히기 위해 일찍이 부모 곁을 떠나 타향살이를 하며 성실하게 살아온 선량한 신민이었습니다. 피고의 성실성은 이미 고용주가 그동안 단 한 번도 말썽을 부리지 않았다는 증언을 함으로써 충분히 입증되었습니다. 피고가 양복 재봉 기술을 좀 더 빨리 배우려고 노력하다가 살인미수라는 중죄를 저지르게 된 것은 이미 밝혀진 대로입니다. 여기서 본 변호인이 강조하고자 하는 점은, 피고가 하루라도 빨리 기술을 익히려 한 것은 국가적으로 보호해야 할 모범적인 행위라는 사실입니다. 총독부에서는 오래전부터 여러 분야의 기술을 발전시키려는 정책을 추진해 왔습니다. 피고가 스스로 양복 재봉 기술을 익히려 노력한 것은 바로 총독부의 그 정책과 통하고 있습니다. 그럼에도 타성과 인습에 젖은 사람들이 피고의 눈물겨운 노력을 방해한 것은 용납할 수 없는 일입니다. 존경하는 재판장님께서는 이 점을 살펴 주시기 바랍니다. 그다음, 피해자 외 한 명의 집단폭행입니다. 술 취한 두 사람은 의자를 흉기 삼아 피고를 폭행했고, 처음에는 피고가 묵묵히 그 폭행을 견뎠습니다. 그러나 끝내 두 사람은 피고를 죽음의 공포로 몰아넣었습니다. 죽음의 공포 앞에서는 쥐도 고양이한테 덤비는 것 아니겠습니까? 술 취한 두 사람의 이성을 잃은 폭행 앞에서 방어 본능이 생겨나는 것은 너무나 당연한 일이며, 그래서 피고는 눈앞에 보이는 가위를 집어 든 것입니다. 재판장님, 그 상황에서 발생한 정당방위성과 우발성에 대해 현명한 판단을 내려 주시기 바랍니다. 마지막으로, 피고는 여섯 형제자매 중 장남이며, 부친은 나이가 많아 이미 직업을 잃은 데다 한쪽 다리가 불편하여 더 이상 일할 수 없는 형편입니다. 또한 피고는 자신의 잘못을 깊이 뉘우치고 있습니다. 그러므로 우가키 총독 각하께서 주창하시는 내선일체의 정신을 살리는 취지에서라도 재판장님의 관대하신 처분을 바라 마지않습니다. 이상 변론을 마치겠습니다."

홍명준은 판사석에 예를 갖추고 자리에 앉았다.

주심 판사는 양쪽의 부심 판사들과 무언가 의논하기 시작했다.

넓지 않은 법정에는 팽팽한 침묵이 흘렀다. 포승에 묶인 손일남은 피고석에서 고개를 푹 숙인 채 서 있었고, 손판석은 맨 앞줄에 초조한 얼굴로 앉아 있었다.

공허는 맨 끝줄 구석 자리에 옥색 두루마기를 입은 옥녀와 함께 앉아 있었다.

"본 법정은 피고 손일남의 살인미수에 대해 그 범행에 고의성이 없고, 평소 직장 생활을 성실히 했으며, 잘못을 뉘우치고 있다는 점 등을 참작하여 징역 2년을 언도한다."

'아이고메, 고맙습니다.'

손판석은 어깨를 축 늘어뜨리며 한숨을 토해 냈다.

"선생님, 고맙구만이라우, 고맙구만이라우."

법정 밖으로 나온 손판석은 홍명준 앞에 코가 땅에 닿도록 허리를 굽히고 또 굽혔다.

"아닙니다, 아닙니다. 이러지 마세요."

홍명준이 민망해하며 손판석을 붙들었다. 그런 그의 얼굴에는 만족감이 어려 있었다.

"바쁘시지 않으면 제 사무실로 가실까요?"

홍명준이 흐뭇하게 웃으며 말했다.

"예, 무료 변론혀 주셨으니 점심도 얻어먹어야제라."

공허가 민머리를 쓸어 넘기며 말했다.

"예, 그러시지요."

홍명준도 능청스럽게 받아넘겼다.

법원을 나서자 옥녀가 공허 옆으로 다가서며 속삭이듯이 말했다.

"요새 세상에도 저런 분이 다 있구만이라 잉."

서너 걸음 앞서 가고 있는 홍명준을 눈짓했다.

"하면, 아무리 험헌 지옥이라도 부처님 맘 지닌 사람이야 꼭 있는 법이제."

목소리를 낮춘 공허가 고개를 끄덕거렸다.

곧 홍명준의 사무실에 도착했다.

"자, 다들 앉으시지요."

홍명준이 자리를 권했다.

"아까는 말씀 못 드렸는디, 오늘 참 명변론이었구만요. 구구절절 옳은 말로 돌부처가 들어도 맘이 움직이게 생긴 판인디, 판사들 맘 흔들리는 것이야 당연지사 아니겠능게라. 변호사님이 일남이를 살리셨구만요."

공허는 마음 놓고 말하며 합장했다.

"아이고, 무죄를 만들지도 못했는걸요. 실은 그쪽 비위 맞추는 소리를 너무 많이 해서 스님 뵙기가 민망합니다."

홍명준이 어색하게 웃었다.

"그야 젊은 놈 살리자고 허신 말씀인디 암시랑 않구만요. 다 이놈의 세상 살아가는 지혜 아니겠능가요."

공허는 흔쾌하게 말을 받았다.

홍명준의 눈길이 옥녀에게 머물렀다. 공허는 옥녀를 소개했다.

"야는 지 혈육이나 마찬가지인디, 명창 옥비구만요. 인사드려라. 홍명준 변호사님이셔."

"예, 옥비라 헙니다."

옥녀는 두 손을 앞에 모으고 일어나 나부시 인사했다.

"아이고 예, 편히 앉으시지요."

홍명준이 엉거주춤 일어나며 인사를 받았다.

"야가 변호사님도 아셔야 헐 소식을 갖고 지를 기다리다가 오늘 재판에 따라나선 길이구만요. 그 소식이 뭐냐 허면, 중원이 춘부장께서 중형을 받은 변고가 생겨 중원이가 동생허고 만주로 면회를 떠났다는구만요."

공허가 그 이야기를 들려주었다.

"결국 그리되셨군요."

홍명준이 침통한 얼굴로 한숨을 내쉬었다.

"그야 그렇고, 지가 톡톡히 한턱 써야겠는디요."

공허가 목소리를 쾌활하게 바꾸며 말했다.

"미녀 명창을 만났으니 제가 대접하겠습니다. 밥 한 끼 얻어먹고 무료 변론 효과 없어지면 안 되니까요."

홍명준도 명랑한 듯 태도를 바꾸며 일어섰다.

"어허, 그래서는 영 경우가 아닌디. 옥비야, 미녀 소리 들었으니 니가 한턱내는 것이 어쩌겄냐?"

공허가 불쑥 한 말이었다.

"네에, 스님."

옥녀는 부끄러워하면서도 얼른 대답했다.

"서울에서 제일 잘헌다는 청요릿집이 여기서 가깝지야?"

"예, 인력거 타면 금방이구만요."

"되았다, 그리로 가자."

공허가 후적후적 앞서 나갔다.

그런 공허를 바라보며 홍명준은 빙긋이 웃었다. 송중원을 앞세우고 처음 찾아왔을 때부터 그 매력이 사람을 사로잡았다.

"지가 사람을 여럿 죽여 봤어도 요 일만은 어쩔 수가 없구만요. 고것이 지 자식이나 똑같고 중원이 동생이나 마찬가지니 하루라도 징역을 덜 살게 혀 주시게라."

이 첫마디부터가 사람을 놀라게 했다. 승려가 사람을 여럿 죽였다는 것은 무엇이며, 손일남이 자기 자식이나 똑같다는 것은 또 무엇이고, 그 사람이 어떻게 중원이 동생이나 마찬가지라는 것인지 영문을 알 수가 없었다.

공허가 송중원의 아버지와 의병 투쟁을 함께한 의병장이었고, 손판석이 송중원의 아버지 부하였고, 그들이 지금까지 독립운동을 계속해 오고 있다는 것을 알고서야 그 의문이 풀렸다. 그리고 무료 변론을 맡기로 했던 것이다.

옥녀는 인력거를 타고 식당으로 가면서 또 송가원을 생각했다.

송가원이 권번으로 찾아왔을 때 얼마나 놀랐는지 몰랐다. 반갑기도 하고, 원망스럽기도 했다. 공허 스님이 돈을 도로 가져왔을 때의 억울하고 가슴 아팠던 일이 생생하게 되살아 올랐던 것이다.

송가원은 공허 스님께 전해 달라며 만주로 떠나게 된 까닭을 이야기했다.

"그럼 만주에서 15년을 사신단 말씀이신게라?"

저도 모르게 나간 말이었다.

"예……."

"집안이 다 가시는게라?"

이 말도 어떻게 나갔는지 몰랐다.

"나 혼자만 가오. 안사람은 갈 맘이 없어서……."

그러고는 송가원과 헤어졌다. 그런데 어째서 가슴이 그렇게 벌떡거렸는지.

옥녀는 다시금 가슴이 뜨거워졌다. 지난날 포옹했던 기억과 함께.

한편, 이경욱은 실의에 빠져 있었다. 연거푸 고등고시에 실패한 때문이었다. 아버지가 세상을 떠나자 그는 공부에 정신을 모았다. 그런데 웬일인지 고등고시는 거듭 실패였다.

작년에 어머니까지 돌아가시자 형은 집을 차지하고는 자신이 얹혀사는 것을 노골적으로 싫어하기 시작했다. 그런 일들이 공부에 영향을 미치지 않았다고 할 수도 없었다.

이경욱은 앞으로의 일이 암담해 책장만 건성으로 넘기고 있었다. 고등고시에 합격하고 옥비를 찾아가려 했지만 그 꿈도 산산조각 나고 말았다.

"경욱이 안에 있냐?"

형의 목소리였다. 이경욱은 책을 신경질적으로 덮었다.

"예, 들어오시오."

이경욱은 퉁명스럽게 내질렀다. 형이 왜 또 찾아드는지 뻔한 일이었다.

"내가 헌 말 생각혀 봤냐?"

이경재는 앉으면서 물었다.

"……"

이경욱은 묵묵히 앉아 있었다.

"아, 대답혀. 금년도 벌써 두 달이 지났는디, 지금이 아니면 또 1년 허송세월허는 것잉게."

이경재는 금년에도 고등고시에 떨어지는 것으로 단정해 놓고 말했다. 그는 작년 말부터 동생에게 취직을 하라며 몰아대고 있었다.

"내가 알아서 할 테니 그 얘긴 그만합시다."

이경욱은 불쾌한 표정을 지었다.

"내가 월급 받아서 니 뒷수발헌 것이 몇 년인지 알지야? 나도 아그들은 커 나고 정신없는 판인디, 니는 되지도 않을 일 붙들고 언제까지 허송세월허겄다는 것이여. 니 나이가 벌써 몇이여? 내가 취직시켜 줄 것이니 장가들어 실속 있게 살라는 것이 뭐가 잘못된 말이냐?"

이경재는 동생과 차별 당한 지난날의 분함을 통쾌하게 보복하고 있었다.

"알았어요. 며칠 더 생각해 봅시다."

이경욱은 참담한 기분으로 말했다.

"니 말 피헐 생각 말어. 나도 인제 더는 니 뒷수발 못 헝게."

이경재는 내친김에 할 말을 다 하고 나갔다.

이경욱은 벽에 머리를 쿵쿵 찧었다. 형에 대한 서운함보다 자신에 대한 혐오감이 더 견디기 어려웠다.

'내가 어쩌다 이런 꼴이 되었는가? 내 능력이 고작 그것밖에 안 되는가?'

"지금 누군들 앞날에 자신이 있겠나? 고민이 있거들랑 더러 찾아오게. 상의해 보면 조금 낫지 않겠나?"

고서완 선생이 작년에 한 말이었다.

이경욱은 천천히 눈을 떴다. 고서완 선생도 많은 고민을 안고 있었다. 더 이상 학교 선생을 할 수 없는 처지에 무슨 일을 하고 있을지 궁금하기도 했다.

고서완은 작두질을 하다가 이경욱을 맞았다.

"아니 선생님, 뭘 하십니까?"

너무 뜻밖이라 이경욱은 놀라지 않을 수 없었다.

"놀랄 것 없네. 소를 몇 마리 먹이다 보니 일손이 딸려서."

고서완이 밝게 웃었다.

"소를 어찌 그리 많이……?"

이경욱은 달라진 고 선생의 모습에서 어떤 활기 같은 것을 느꼈다.

"소가 있어야 농사를 제대로 지을 거 아닌가? 내가 농사꾼 된 걸 자넨 아직 모르지?"

고서완의 목소리에 탄력이 넘쳤다.

"선생님이 농사꾼이 되셨어요?"

이경욱은 더욱 놀랐다.

"응, 차차 얘기하세. 헌데 자넨 왜 얼굴에 근심이 가득한가?"

"아 예…… 그저……."

감정이 드러난 것에 당황하며 이경욱은 형과의 사이에서 일어난 일을 털어놓았다.

"그거 참 난처하게 되었군. 내 생각에 두 가지 방법이 있네. 첫째는 자네 형님한테 올해 한 번만 더 고등고시를 보겠다고 양해를 얻는 것이네. 그게 안 되면 둘째 방법인데, 나한테 오게. 우리 집에 머물면서 마지막으로 시험을 치러 보고, 안 되면 나하고 농사를 짓세. 내가 하는 식의 농사꾼 노릇이 어쩌면 변호사 노릇보다 나을 수도 있으니까."

"선생님 식의 농사꾼이라면……?"

이경욱은 고 선생이 어떤 새로운 일을 시작했음을 더 확실하게 알아챘다.

"자네도 알다시피 왜놈들은 만주사변 이후로 조선 땅에서 사회주의자를 찾아내 처벌하는 일을 강력하게 추진하고 있네. 그러는 까닭이 첫째는 조선 지배를 쉽게 하기 위해 새로 등장한 적을 완전히 없애려는 것이고, 둘째는 사회주의자들의 활동으로 농민층과 노동자층이 끝없이 쟁의를 일으켜 조선 땅이 동요하게 되면 제 놈들의 만주 장악이 어려워지기 때문이네. 그래서 사회주의 세력 말살에 온 힘을 기울이고 있는 걸세. 그 때문에 그동안 사회주의자가 자그마치 1만 6천 명이나 검거되었네. 나는 감옥에서 나와 이 문제로 많은 고민을 했네. 왜놈들의 횡포는 계속되는데 실현할 수 없는 사회주의 운동을 밀어붙이다가 긴 세월 감옥에 갇혀 있는 것이 과연 옳은 일인가 하고. 그렇다고 행동을 멈출 수야 없지 않은가? 그래서 생각해 낸 것이 개인적 사회주의화야. 다시 말해서 우리 집안의 농토를 바탕으로 사회주의를 실현해 나가는 집단농장을 경영하는 걸세. 단 사회주의라는 건 속으로 감추었으니까 경찰에서 볼 때는 평범한 지주일 뿐이지. 허나 실제로는 소작제가 아니라 공동경영이고, 남는 재산으로는 다른 지주, 특히 왜놈들 농장에서 빚을 얻었다가 논이 넘어가게 된 농부들의 빚을 갚아 주고 땅을 흡수하는 거네. 그럼 그 농부도 보호하고, 왜놈 농장들이 토지를 늘리는 것도 막는 이중 효과를 발휘하게 되지. 어떤가, 내 계획이?"

고서완의 눈이 빛나고 있었다.

"감히 뭐라고 말씀드리기 어렵지만 분명 새로운 운동 방법이고, 제 답답한 가슴이 뚫리는 것 같습니다. 그런데 언제부터 시작하십니까?"

이경욱은 정말 숨통이 트이는 기분이었다.

"이미 시작했네. 만약 자네가 와서 조직 관리와 야학을 맡아 준다면 나한텐 그보다 더 큰 힘이 없겠지. 그동안 자네가 고등고시를 준비하고 있어서 말을 못 꺼낸 것뿐이니까."

"선생님, 실은 변호사가 된다 해도 왜놈들 틈바구니에서 무슨 일을 할 수 있을지 자신이 서지 않습니다. 그리고 계속 떨어지다 보니 이제 시험에 붙을 자신도 없구요. 선생님께 바로 오면 안 되겠습니까?"

경솔하게 보인다 해도 어쩔 수 없다고 생각하며 이경욱은 속마음을 숨김없이 드러냈다.

"그거 잘됐네, 그놈의 고등고시 집어치우게. 자네 부친께서 판검사를 원하셨으니 어쩔 수 없었을 뿐이지 난 애초부터 법학부에 들어가는 게 마땅찮았네. 그게 결국 왜놈들 법이고, 그걸 다루다 보면 저도 모르는 사이에 친일을 하게 되니까. 아주 잘됐네, 당장 오게!"

고서완이 힘차게 손을 내밀었다.

5

겹올가미

차득보는 장타령을 흥얼거리며 피를 뽑고 있었다.

"욕보시오, 담배나 한 대 꼬실립시다."

등 뒤에서 들려오는 소리에 차득보는 얼른 고개를 돌렸다. 그 말은 누가 그냥 하는 소리가 아니라 조직의 암호였다. 논둑에 바지게를 진 남자가 서 있었다.

"이, 마침 담배 생각이 나던 참이오."

차득보는 유승현의 연락을 가져오는 서근호와 논두렁에 나란히 앉았다.

"별일 없소?"

차득보가 쌈지를 꺼내며 물었다.

"야아. 그나저나 부락진흥회 등쌀에 어디 살겄소, 빌어먹을."

서근호가 투덜거리며 쌈지의 담뱃가루 속에서 말이 담배 하나를 꺼내 차득보에게 내밀었다. 차득보는 그걸 재빨리 받아 자기 쌈지 담뱃가루 속에 감추었다.

"그나저나 우리 일이 어찌 될 것 같소?"

서근호가 차득보를 빤히 보았다.

"나라고 뭘 알겄소만 왜놈들 날치는 꼴로 봐서 호시절이야 오겄소?"

"그러게 말이오. 이리 돼서는 안 되는디."

"애당초 왜놈들 눈 피해 가면서 허는 일이니 끈허니 허는 도리밖에 더 있겄소. 우리가 요것 말고 믿을 것이 뭐가 있소."

"그렇제라. 요 심이라도 있응게 요런 더런 놈의 세상을 참고 살제라. 나 가 볼라요."

서근호가 일어섰다.

"또 봅시다."

차득보도 따라 일어서며 눈인사를 보냈다.

차득보는 곧 바지게를 진 채로 포교당으로 발길을 서둘렀다. 그날 받은 연락은 그날로 다음 선에 연결해야 했다.

"스님 어디 계신게라?"

차득보는 긴 대 빗자루를 들고 지나가는 사람에게 물었다.

"이, 오셨소? 저기 법당에 계시오."

다리를 절룩이는 그 사람은 손판석이었다.

"스님, 불공드리러 왔는디요."

차득보는 바지게를 담 옆에 벗어 놓고 조심스럽게 말했다.

운봉이 법당에서 얼굴을 내밀었다.

"어여 들어오시오."

운봉의 눈길이 빠르게 대문 쪽으로 날아가며 손짓했다.

차득보는 짚신을 벗은 발을 베잠방이 끝에 씩씩 문질러 닦고는 법당 안으로 들어갔다. 그는 아무 말 없이 쌈지에서 말이 담배를 꺼내 운봉에게 내밀었다.

차득보는 법당에 들어서면 괜히 주눅이 들었다. 운봉도 공허 스님 못지않게 어려워 말이 잘 나오지 않았다.

"농사는 어떠요?"

얼굴을 대할 때마다 운봉이 묻는 말이었다.

"야아, 쓸 만허니 되았구만요."

"다행이오. 그럼 살펴 가씨요."

차득보는 조심스럽게 포교당을 나섰다.

문 앞까지 따라나선 운봉은 멀어지는 차득보를 지켜보다가 돌아섰다. 대문을 들어선 운봉은 정재 쪽으로 짚단을 옮기고 있는 손판석을 보았다. 저녁 지을 땔감을 옮기는 것이었다.

"목탁 쳐서 모자라면 점을 치든지 토정비결을 봐 주든지 고것이야 니가 알어서 혀. 딸린 입이 대여섯이니 그리 알고. 니 좋아허는 의병 시절부터 고생고생허신 분인게."

손판석을 포교당 잡일이나 시키라며 공허 스님이 한 말이었다.

점을 치든 토정비결을 봐 주든 하라는 공허 스님의 말투가 떠올라 웃음 지으며 운봉은 방으로 들어갔다. 전달받은 내용이 무엇인지 살펴보고 빨리 정도규 쪽에 연락을 해야 했다.

한편, 정도규는 경찰서 취조실에 끌려와 있었다. 고등계 형사가 경찰서로 가자고 했을 때 어느 조직이 들통 났나 긴장했지만, 무장 경찰이 출동하지 않은 것을 보고 다른 일이라는 것을 알았다. 정도규는 유승현과 연결된 농민 조직 외에도 군산의 고무 공장, 이리의 견사 공장에도 조직을 만들고 있었다.

"이봐, 당신은 믿을 수가 없어."

형사가 고약한 눈찌로 정도규를 노려보았다.

"아니, 내가 출감한 뒤로 당신들이 꼼짝 못하게 감시하지 않았소? 내가 잘못한 게 없다는 걸 똑똑히 보고서도 못 믿겠다니 말이 되는 소리요?"

그들의 수법을 잘 아는 정도규는 주저 없이 정면으로 맞섰다.

"말 한번 잘하는군. 우리가 꼼짝 못하게 감시했으니 잘못을 저지르지 않은 거지, 감시를 안 해도 그랬을까? 어때, 감시를 안 했는데도 그랬겠어? 대답해 봐!"

정도규는 함정이라고 생각했다. 물론 아니라고 해서는 안 되었고, 그렇다고 하면 무슨 말로 걸고 들지 몰랐다.

"괜히 말 트집 잡지 마시오."

"잔소리 말고 똑바로 대답 못해!"

형사가 버럭 소리 지르며 책상을 내리쳤다.

"이보시오, 잘못한 게 없으면 됐지, 그런 말까지 대답할 책임은 없소."

"뭐라구? 요런 건방진 새끼!"

형사는 입이 비틀리는 잔인한 웃음을 흘리고는, "신원보증령이란 새 법이 공포된 걸 아직 모르는 모양이지? 바로 너 같은 놈들 때문에 그 법을 만들었고, 넌 그 법에 따라 지금 수사를 받고 있으니까 내 물음에 대답해야 할 책임과 의무가 있다. 무슨 말인지 알아듣겠나?" 하며 픽 웃었다.

"……."

정도규는 형사를 똑바로 보며 어금니를 맞물었다. 치안유지법이라는 올가미에 또 하나의 올가미가 씌워지는 것을 느끼며.

"대답 안 하면 너의 신원이 불확실하다는 것을 스스로 인정하는 거니까 그대로 구금이야. 그럼 거짓말로 그렇다고 대답하면 그만이라고 생각하겠지? 설마 우릴 그렇게 바보로 생각하진 않겠지? 그럴 경우에는 너의 신원을 보증할 연대보증인 셋을 세워야해. 그랬다가 네가 잘못을 저지르면 연대보증인들까지 네가 저지른 잘못과 똑같은 처벌을 받는 거지. 자, 어느 쪽을 택하겠나?"

형사는 여유 만만하게 웃었다.

정도규는 그만 낙담을 하고 말았다. 무슨 수를 써도 빠져나갈 수 없는 함정이고 올가미였다. 사상을 의심받아 온 사람들에게 신원보증령은 악법 중의 악법이었다.

"왜 말이 없나. 당장 구금시켜 줄까?"

"당장 보증인을 세울 수는 없는 일 아니오. 며칠 말미를 주시오."

정도규는 어떻게든 이 자리를 모면할 생각이었다.

"연대보증인을 세우겠다 그건가?"

"그러기를 원하고 있잖소."

"말조심해! 네놈들이 얌전하게 있는데도 그러겠어?"

'이놈들아, 네놈들이 조선을 짓밟지 않았는데도 그러겠냐!'

정도규는 가슴 터지도록 속으로 울부짖고 있었다.

"좋아, 이틀 말미를 주지. 그동안 말썽을 일으키지 않아서 특별히 봐 주는 거니까 우리가 믿을 만한 보증인으로 잘 고르라구. 괜히 딴 짓은 안 하는 게 좋아. 영영 고향 땅 안 밟으려면 몰라도."

형사가 잔인하게 웃으며 일어섰다.

정도규는 집으로 돌아오며 한숨을 쉬고 또 쉬었다. 그 악랄한

법을 피할 수 있는 길은 이대로 도망가는 것뿐이었다. 그러나 그것도 현명한 해결책은 아니었다.

이틀이 지나 정도규는 전주에서 집에 다니러 온 큰아들 정태현에게 뜻밖의 소식을 들었다.

"아부지, 큰일 났구만요. 개학을 허고 보니 학교에 현역 장교가 배치되어 있구만요."

"현역 장교가!"

정도규는 깜짝 놀랐다.

"예, 앞으로 군사교육을 시킨다등마요."

"모든 고보에 군사교육을 시킨다 그 말이겠지?"

"예, 총독부에서……."

"알았다. 넌 바로 전주로 돌아가고, 혹시 무슨 일이 있으면 집에는 책 가지러 왔던 것으로 해 둬라."

"예."

정도규는 전쟁을 예감하고 있었다.

'중국과……, 아니면 소련과……?'

전쟁이 아니라면 고보 학생들에게 군사교육을 시킬 이유가 없었다.

정도규는 혼란스러웠다. 내일이면 또 경찰서에 불려 가야 했다. 꼬박 이틀 동안 생각해 보았지만 차마 그 짓은 할 수 없었다. 연대보증인을 세워 놓고 그들을 안심시킨 다음 일을 계속해 나가는 방법도 생각해 보았다. 그러나 그건 굴욕이었고 항복이었다. 엄연히 갈 수 있는 길을 두고 그런 치욕스러운 짓을 할 수는 없었다.

정도규는 불끈 몸을 일으켰다.

"집에 있는 돈 다 챙기시오."

정도규는 안방으로 가서 아내에게 말했다.

"무슨 일로……?"

김 씨는 놀라는 얼굴로 물었다.

"오늘 밤중에 집을 떠야겠소."

김 씨가 눈길을 떨구었다.

정도규는 자정이 넘어 옷을 챙겨 입었다.

"당신 건강하고, 애들 잘 살피시오."

정도규는 어둠 속에 이 말을 남겨 놓고 뒷담을 타 넘었다. 김 씨는 두 손으로 입을 막았다.

정도규가 떠나고 며칠이 지나 큰아들이 또 집에 왔다.

"학교마다 신사참배를 허라고 총독부서 명령 내린 것을 알려 드릴라고……."

정태현은 피멍이 든 어머니의 얼굴을 보며 어금니를 맞물었다.

6

뜨거운 정인

"아버님……."

송가원의 목소리가 부르르 떨렸다.

"또 왔느냐……."

송수익의 목소리는 마치 먼 데서 울리는 것처럼 낮고 느렸다. 초췌한 얼굴에는 주름이 많이 잡혀 있을 뿐만 아니라 거무튀튀한 얼굴은 병이 깊어 보였다. 머리도 거의 백발이 되어 있었다.

"혹시 네가 손을 쓴 것이냐?"

송수익이 아들을 바라보았다. 그 눈은 얼굴과 다르게 빛을 품고 있었다.

"무슨 말씀이십니까?"

송가원은 긴장하며 되물었다.

"전향서 쓰면 가석방시킨다는 것……."

송수익의 목소리가 조금 높아졌다.

"아닙니다, 그런 일 없습니다."

송가원은 분명한 태도로 대답했다.

"안 그랬으면 다행이다."

송수익이 보일 듯 말 듯 고개를 끄덕였다.

"지삼출 아저씨하고 필녀는 아직 그대로 있느냐?"

"예……."

"추운데 돌아가라고 일러라."

"제 말을 안 듣습니다."

송가원의 목소리가 조금 퉁명스러웠다. 그런 데까지 마음 쓰지 말라는 뜻이었다.

"아버님……."

"왜 그러느냐?"

"……아닙니다……."

송가원은 무슨 말인가를 할 듯 말 듯 하다가 눈길을 떨구었다.

"무슨 일이 생겼느냐?"

송수익의 병색 짙은 얼굴이 긴장되었다.

"그게 아니고 아버님 건강이……."

송가원은 당황스럽게 말했다.

"걱정 말거라. 사람 목숨은 하늘에 달려 있다."

송수익은 일부러 웃어 보이려 했다. 작은아들의 안타까워하는 마음을 잘 알기 때문이었다. 제가 의사이면서도 손을 써 볼 수 없으니 그 심정이 어떨 것인가? 그러나 작은아들이 가까이 있는 것만으로도 얼마나 큰 힘이 되는지 몰랐다. 처음 면회를 하던 날 두 아들이 시멘트 바닥에 엎드려 큰절을 하고 일어났을 때 큰아들도 그랬지만 작은아들은 더구나 알아볼 수가 없었다. 코흘리개 시절에 떼어 놓고 돌본 일이라곤 없는데 훤칠한 장정이 되었을 뿐 아니라 그 어렵다는 의사 공부까지 마쳤으니 대견하기 이를 데 없었다.

"옷이 어찌 그러냐? 더 뜨시게 입어라."

송수익의 눈길은 아들의 허술한 입성으로 옮겨졌다.

"예, 두껍게 입었습니다."

"아니다, 이 애비가 만주 추위는 잘 안다. 옷 사 입을 돈이 없는 게로구나. 애비 옥바라지하느라고."

아들의 속마음을 정확히 짚어 내려고 송수익은 일부러 이렇게 말했다.

"아, 아닙니다. 의사 월급이 많아 저금을 하고 삽니다."

"애비한테 거짓말을 하는구나."

"아닙니다. 다음번에 통장을 보여 드리겠습니다."

송수익은 마침내 아들의 속마음을 정확히 짚어 냈다.

"그렇다면 지금 당장 나가는 대로 솜옷이든 털옷이든 사 입어라. 애비 생각해서 애비보다 춥게 입는 것이 효도가 아니다. 애비 마음 쓰게 하는 것이 불효야. 알겠느냐?"

송수익이 정면으로 찔렀다.

"예, 아버님……."

송가원은 아버지의 그 예리함에 가슴이 서늘했다.

"시간 만료!"

간수가 일본말로 외쳤다.

"그래, 가 봐라."

송수익이 희미하게 웃었다.

"아버님……."

송가원이 목이 잠기며 철망을 붙들었다.

아버지가 사라지자 송가원은 돌아섰다. 송가원은 가슴이 쓰라려 신음을 씹었다. 아버지의 목숨은 시나브로 사그라지고 있었다. 예상대로 아버지는 고문으로 중병을 얻었고, 아무 치료도 받지 못하는 감옥살이로 나날이 병이 깊어 가고 있었다.

처음에 와서 감옥에 출입하는 의사 하야시를 만났다. 그에게 특진을 부탁했다. 결과는 아주 나빴다. 몸이 극도로 쇠약해 있었고, 특히 피오줌이 문제였다. 심한 고문에서 비롯된 중병이었다. 우선 피오줌에 대한 투약부터 부탁했다.

"송 상, 미안합니다. 불령선인, 아니 죄송합니다……, 독립운동 가한테는 투약이 금지되어 있습니다. 제가 위로를 드리고 사과를 드립니다."

하야시가 진정 미안한 태도로 한 말이었다.

그다음에는 하야시를 통해 담당 간수를 매수해 보았다. 자신이 직접 진찰하고 몰래 약을 쓰려는 것이었다. 그러나 간수는 돈만 받아먹을 뿐 계속 두고 보자고만 했다.

세 번째로 하야시가 소개한 변호사를 앞세워 병보석을 신청했다. 변호사가 몇 번씩 서류를 내고, 자신이 영사관, 경찰서로 불려 가 신원 조사를 받은 끝에 병보석 허가가 떨어졌다. 그런데 당사자가 전향서를 써야 한다는 조건이 붙었다. 전향서는 단순히 독립운동을 포기한다는 글이 아니었다. 독립운동을 포기함과 아울러 일본과 천황에게 충성을 맹세하는 것이었다. 전향서를 쓴다는 것은 아버지에게 사형선고나 마찬가지였고, 악랄한 병보석 거부였다. 어쩔 수 없이 병보석 신청을 취소해 버렸다.

그런데 아까 아버지가 캐물은 것은 어찌 된 일일까? 전향서를 쓰면 가석방을 시켜 준다고? 그건 이자들이 꾸민 연극이었다. 아까 그 사실을 캐물으며 아버지는 몹시 언짢아했다. 아버지를 괴롭히는 것이 그 연극을 꾸민 목적일 수도 있었다. 그건 병을 치료해 주지 않는 것과 함께 또 다른 고문이고 살인 행위였다.

송가원은 암담한 감정을 추스르며 감옥 밖으로 나섰다. 밖에서 기다리는 지삼출과 필녀에게 그런 감정을 내보이지 말아야 했다.

"선생님은 어쩌시든게라?"

언제나처럼 필녀가 황급히 다가들며 물었다.

"예, 괜찮으세요."

송가원은 억지로 웃음 지었다.

"고뿔 안 걸리시고라?"

필녀는 또 다그쳐 물었다.

"예, 걱정 안 하셔도 돼요. 많이 추우시죠? 어디 가서 몸 좀 푸십시다."

송가원은 지삼출과 필녀에게 눈길을 돌렸다. 두 사람은 다 헐어빠진 중국옷을 걸치고 웅숭그린 채 걷고 있었다. 송가원은 두 사람에게 혈육 같은 정을 느꼈다. 그들이 아버지에게 품고 있는 정성은 눈물겨울 지경이었다.

"저 호떡집으로 들어가시죠."

"뭐헐라고, 돈만 없애는디."

지삼출이 고개를 내둘렀다.

"제발 그러지 마세요. 전 배도 고프고 춥고 그래요."

송가원은 지삼출의 팔을 잡아끌었다.

"그려, 얼른 들어가세. 그 옷에 얼마나 추울 것이여. 아부지허고 함께 떠는 저런 효자 첨 보는구마."

필녀가 앞장서서 호떡집으로 들어갔다.

그들은 뜨끈뜨끈한 물부터 후후 불어 마셨다. 1월의 추위에 몸은 얼대로 얼어 있었다. 송가원은 만두와 호떡을 푸짐하게 시켰다. 두 사람 다 점심을 굶었을 게 뻔했다.

"많이들 드세요."

송가원은 잘 구운 호떡을 집어 들고는, "아저씨, 가게 터는 찾으셨어요?" 하고 말하며 지삼출에게 눈길을 주었다.

"고것이 목돈만 들제 이문이 그저 그렇고, ……우리가 장삿속이 서투니 이대로 그냥저냥 지내세."

지삼출은 어물어물 얼버무렸다.

"아저씨! 오늘 아버지가 뭐라 하신 줄 아세요? 추우니까 두 분 다 돌아가라고 이르라는 겁니다. 이 추운데 두 분이 행상을 하는 건 아버지를 위하는 게 아니라 괴롭히는 거라니까요. 얼마나 마음에 걸리시면 늘 똑같은 말씀을 하시겠어요. 그러니까 아버지 맘을 편히 해 드리려면 둘 중에 하나를 결정하세요. 가게를 차리시든지, 돌아가시든지요. 지금 결정 안 하시면 제가 강제로 돌려 보내겠습니다. 제발 돈 걱정은 마시라니까요."

송가원의 태도는 단호했다.

"아재, 어디다 쬐깐헌 가게를 차리는 것이 어떻겠소?"

필녀가 정색을 하고 물었다.

"글쎄, 그것이……."

지삼출이 마땅찮아하며 눈총을 쏘았다.

"아재, 돈 잘 버는 의사 선생님 덕 좀 본다고 어디 덧나겄소? 돈이야 장사 잘혀서 갚으면 되는 것이제. 우리가 선생님을 괴롭히고 있다니 똑 죽겄소. 그냥 가게 차리시제라. 지가 안 엎어먹고 장사 잘해 낼 것잉게라."

필녀가 애원하듯 말했다.

"나는 모르겄네. 자네가 알아서 허소."

지삼출이 퉁을 놓았다.

"예, 이제 결정 났습니다. 장춘에서부터 행상을 하셨으니 장사는 잘하실 겁니다. 두 분이 고생 덜하고 살 수 있도록 빨리 가게를 잡으세요."

송가원은 홀가분한 기분으로 만두를 집었다.

한편, 옥녀는 박미애를 만나고 나서 만주로 갈 마음을 굳혔다. 박미애가 권번으로 불쑥 찾아온 것은 서너 달 전이었다.

"아니, 여태 이대로 계시네에?"

거만스럽게 눈꼬리를 치세우며 박미애가 대뜸 한 말이었다.

옥녀는 그 말뜻이 무엇인지 바로 알아들었다. 그러나 짐짓 모르는 척했다.

"무슨 뜬금없는 소리시오?"

"알고 보니 명창께서도 술자리 노리갯감이었을 뿐이군. 흥, 그런데도 속 못 차리고 구두까지 맞춰 주고 그러셨군. 그런 공도 모르고 그 남자는 말 한마디 없이 만주로 떠났으니 어쩌지?"

박미애는 옥녀가 아무것도 모르는 줄 알고 약을 올렸다.

옥녀는 박미애가 괘씸했다.

"많이 배우신 분이 남편을 그 남자, 저 남자 허는 것이 도리에 맞는지 모르겠네요 잉."

옥녀는 더 꼴 보기 싫은 마음에 노골적으로 야유했다.

"어머, 별꼴 다 보겠네. 걱정 마. 이제 그 남잔 내 남편이 아니니까. 만주로 가면서 우린 갈라선 것이나 마찬가지야. 어디서 시건방지게 굴어!"

박미애는 곧 침이라도 내뱉을 것처럼 독을 부리며 팽 돌아섰다.

옥녀는 승리한 듯한 기분에 젖어들며 멀어지는 박미애를 비웃었다.

옥녀는 공허 스님한테 만주에 데려다 달라고 하려다가 혼자 가기로 했다. 큰일을 하시는 스님한테 그런 사사로운 부탁을 할 수 없었고, 스님이 못 가게 막을 염려도 있었다.

옥녀는 은행에 저금해 둔 돈을 다 찾았다. 그리고 오빠가 말릴지도 몰라 편지를 쓰기로 했다.

여행 가방을 든 옥녀는 봉천행 열차에 올랐다. 귀찮은 조사를 피하고 만주 추위에 대비한 옥녀의 차림은 화사하면서도 따스해 보였다. 흑자색 비단 두루마기에 여우 목도리를 한 그녀의 모습은 누가 보거나 귀부인의 모습이었다.

기차가 출발했다. 옥녀는 숨을 들이켜며 눈을 감았다.

찰그락 철컥, 찰그락 철컥…….

기차 바퀴 구르는 소리가 쉼 없이 이어지고 있었다. 평양을 지나고 언제 눈이 감겼는지 모르게 잠이 들었다가 옥녀는 잠이 깼다. 기차는 어느덧 신의주에 도착해 있었다. 차창에는 성에가 잔뜩 끼었고 밖은 어두웠다. 철도 이동경찰이 기차표를 조사하고 있었다.

두 사람이 다가서자 옥녀는 미리 꺼내 둔 기차표를 내밀었다.

"봉천에는 왜 가시오?"

"남편 만나러 갑니다."

"남편이 뭘 하는 사람이오?"

"의삽니다."

"의사? 어느 병원이오?"

경찰의 말투가 달라졌다.

"일광병원입니다."

"예, 좋습니다. 편히 가십시오."

이동경찰은 기차표를 돌려주며 거수경례까지 붙였다.

압록강을 건넌 기차는 만주 땅을 달려 이른 아침에 봉천에 도착했다. 매서운 추위 속에 눈이 내리고 있었다.

"보이소, 우리 동포 아인교?"

나이 들어 보이는 남자가 옥녀 앞에 인력거를 세우며 한 말이었다.

"예에!"

옥녀는 뛸 듯이 반가웠다.

"어디 가십니꺼?"

"일광병원에 가는디요."

"타시이소. 잘 모셔다 드리겄십니더."

인력거꾼이 공손하게 가방을 받아 들며 웃었다.

"고향이 경상도시구만이라?"

옥녀는 가방을 건네주며 물었다.

"야아, 경상도 함안이라요."

"거기서 여기까지……, 어찌 인력거를……?"

인력거에 오른 옥녀는 가방을 받으며 그 남자를 보았다.

"그 기구헌 사연을 우예 말로 다 허겄십니꺼? 다 나라 없는 죄

86

인 기라요."

인력거꾼은 푹 한숨을 쉬며 돌아섰다.

한동안 달리던 인력거가 멈추어 섰다. 인력거를 내려서던 옥녀는 '일광'이라는 병원 간판을 보았다. 왈칵 눈물이 쏟아지려 했다.

병원 문은 아직 닫혀 있었다. 옥녀는 눈을 피해 문 옆으로 붙어 섰다. 시가지가 온통 눈에 덮여 있었다.

얼마쯤 지나 상점들이 하나둘 문을 열었고, 길에도 사람들이 차츰 불어나고 있었다. 옥녀는 손이 시려 가방을 내려놓았고, 귀가 시려 목도리를 자꾸 올렸다.

"……!"

옥녀는 가슴이 쿵 울렸다. 눈을 맞으며 이쪽으로 걸어오는 남자, 송가원이었다. 옥녀는 눈발 속으로 뛰쳐나갔다.

"선생님!"

"어, 이게 누구요!"

송가원은 너무 놀라 어리둥절해했다.

"스님, 공허 스님은 어디 계시오?"

송가원이 두리번거렸다.

"지 혼자 왔구만요……."

"옥비 혼자서?"

"야아……."

고개를 끄덕이며 송가원을 올려다보는 옥녀의 눈에 눈물이 번지고 있었다.

"옥비!"

송가원은 옥녀를 와락 끌어안았다.

"잘못 온 건 아닌지 모르겠구만요."

옥녀는 가슴 벅찬 안도감을 느끼면서도 말은 이렇게 나갔다.

"아니오, 잘 왔소, 잘 왔소. 몸이 얼었는데 여관부터 정합시다."

송가원은 급히 걸어가 가방을 가져왔다.

여관은 멀지 않았다.

"조선 사람이 하는 여관이니까 마음 푹 놓고 쉬어요."

2층 계단을 올라가며 송가원이 생기 넘치는 소리로 말했다.

"이렇게 좋은 여관을 조선 사람이……."

옥녀는 잘 치장된 실내를 둘러보았다.

"아침밥을 내가 시켜 놓겠소. 복도 끝에 목욕탕도 있으니까 씻고 한숨 푹 자시오. 난 병원에 갔다가 점심때 오겠소."

송가원은 급히 돌아갔다.

아침을 먹는 둥 마는 둥 한 옥녀는 목욕을 하고 나서 잠에 빠져들었다.

꿈결에 먼 북소리를 듣다가 그것이 문 두들기는 소리라는 것을 깨달은 옥녀는 소스라쳐 잠이 깼다. 역시 누가 문을 두들기고 있

었다.

"누, 누구시오?"

"나요, 송이오."

"쬐깨, 쬐깨만 기다리시씨요."

옥녀는 화들짝 일어나 허둥지둥 치마를 두르랴, 머리쪽을 고치라 정신이 없었다.

"잠을 안 잘라고 혔는디……."

문을 연 옥녀는 민망해서 어물거렸다.

"곤한데 자야지요."

방으로 들어서던 송가원은

"옥비……, 참 잘 왔소. 사랑하오."

"……고맙구만요……."

옥비는 눈물이 솟구쳤다.

"그 사람이 지를 찾어왔었구만요."

"누가요? 박미애가?"

"예에……."

"무슨 일로……?"

"지가 만주로 함께 갔는가 살피러 온 눈치였구만요."

"그래, 뭐랍디까?"

"선생님이 만주로 가면서 서로 갈라선 것이나 마찬가지라고……."

"흥, 오랜만에 옳은 말 한마디 했소."

"그 말 듣고 올 맘 먹었구만요."

"잘했소."

"저어……, 지는 인제 안 갈라는디요."

"여기서 계속 살겠단 말이오?"

"예에……."

"나야 좋은데, 그럼 소리는 어쩔 거요?"

"소리 안 허고 살아도 좋구만이라."

"허! 후회하지 않겠소?"

"예에."

"아니오, 소리하고 싶을 때 하시오. 내가 열성으로 들을 테니까."

"고맙구만요."

옥녀는 눈물이 왈칵 쏟아졌다.

7

야릇한 기류

    겨우내 쌓인 들판의 눈이 녹으면서 죽은 듯 가지만 앙상하던 나무들도 유록빛 기운이 내비치기 시작했다. 그렇게 연해주에 늦은 봄이 오고 있었다.

    그런데 조선인이 모여 사는 육성촌에는 일본 스파이 검거라는 찬바람이 휘돌고 있었다. 비밀 경찰들이 온 마을을 수색해 네댓 사람을 체포해 갔다.

    조강섭은 다리를 절룩이며 교무실로 들어섰다. 책을 들여다보고 있던 윤선숙이 고개를 돌렸다.

    "다른 선생들은 퇴근했소?"

    조강섭은 의자에 털썩 주저앉았다.

"예, 약속들이 있다더군요."

교사용 책상은 모두 넷이었다.

"모르겠군, 정말 약속이 있는 건지."

조강섭은 푸우 소리 나게 한숨을 내쉬었다.

윤선숙은 남편의 말을 인민위원장을 만난 결론으로 받아들였다. 남편의 예측대로 두 선생은 골치 아픈 일을 피하려 들고 있었다.

"당신도 짐작하겠지만, 인민위원장은 비밀 경찰이 하는 일이라 어쩔 수가 없다는 거요."

조강섭은 다시 한숨을 내뿜었다.

"참, 한심하군요. 같은 조선 사람 문제를 비밀 경찰이 무서워 발 뺌이라니."

윤선숙의 말에 역정이 묻어났다.

"당신 오빠한테 연락해 볼 수밖에 없겠소. 오빠 부서에선 비밀 경찰에 선이 닿을지도 모르니까."

"맞아요, 그럴지도 몰라요. 근데 여보, 이번 사건 조작 아닐까요? 조선 사람들한테 시범 보이려고."

윤선숙이 빠르게 속삭였다.

조강섭이 반사적으로 문 쪽에 눈길을 보냈다.

"그런 소린 입에 담지도 마시오."

조강섭의 얼굴에 놀라움과 두려움이 드러났다.

"강윤배 씨 최진순 씨가 너무 억울하니까 그런 생각을 안 할 수가 없잖아요."

"알고 있소. 그러니까 우리가 나서는 것 아니오."

"어쨌거나 참 이상해요. 전부 콜호즈(집단농장)로 조직화했는데 어느 틈바구니로 일본 스파이가 파고들 수 있느냔 말이에요."

"그게 그리 간단치가 않소. 집단농장이란 조직이 무슨 철통도 아니고, 지금도 밀수하다 잡히고 아편 재배하다 잡히고, 허술한 데가 많잖소. 그리고 만주를 차지한 일본 놈들이 어떻게든 소련에 스파이를 침투시키려 하고 있지 않소?"

"정말 왜놈들 지겨워요. 물러갔나 했더니 어느새 또 와서 조선 사람들을 이렇게 못살게 굴고 있으니. 헌데 강윤배, 최진순 씨가 김문길하고 가깝게 지내기는 했나요?"

"별로 그런 것 같지도 않소."

"그럼 김문길 그 못된 인간이 고문이 무서워 아무 이름이나 막 댄 거예요?"

"글쎄, 어찌 된 것인지……."

"강윤배 씨나 최진순 씨를 스파이로 의심하는 건 홍범도 장군을 의심하는 거예요. 그 두 사람은 장군만 아니었을 뿐이지 경력이야 홍범도 장군이나 다를 게 없잖아요."

"그러게 말이오. 어서 오빠한테 편지를 쓰시오."

"네, 알았어요."

윤선숙이 펜을 들었다.

조선 사람들이 일본 스파이가 되어 소련 국경을 넘나든다는 말이 돌기 시작한 것은 일본이 만주를 점령한 뒤부터였다. 그러나 연해주의 조선 사람들은 그런 일도 있나 보다 하고 별 관심을 두

지 않았다. 그보다 더 관심을 기울여야 할 일들이 많았다. 혁명 사회 건설이라고 하여 사회 제도가 바뀌고 있었다. 특히 농촌에 지주가 없어지고 집단농장이 조직되었다. 그동안 소작인 노릇을 하던 그들에게 지주 없는 집단농장이 만들어지는 것은 놀라운 새 세상이었다. 조선 사람들은 그런 사회를 두 팔을 들어 환영했다. 홍범도 장군이 조선 사람으로 이루어진 어느 집단농장의 대표로 추대된 것도 그런 분위기를 보여 주는 것이었다.

소작이 아닌 집단농장 생활로 조선 사람들이 먼저 맛보고 즐긴 것은 지주와 감독의 억압에서 벗어난 자유였다. 그다음이 생활의 풍족함이었다.

조선 사람들은 집단농장에서 생활하면서 연해주의 조선인 자치에 관심을 기울였다. 그러나 혁명 사회 건설이란 기치 아래 대대적인 숙청이 벌어지는 긴장된 분위기라 그 문제를 꺼내지 못한 채 기회만 보고 있었다.

그러나 해가 자꾸 지나도 그런 분위기는 풀리지 않고 오히려 학교에서 조선말을 가르치지 못하게 제도가 바뀌었다. 조선족뿐만 아니라 다른 소수민족도 마찬가지였다. 조선 사람들에게 그 조처는 큰 충격이었다. 자식들이 조선글을 모르게 된다는 것은 반병신을 만드는 일이었다. 나라를 되찾아 고향으로 돌아가도 사람 노릇을 못하게 될 판이었다. 그러나 그 조처를 거부할 분위기도 못 되었다.

그런 문제들이 해결되지 않은 상태에서 일본 스파이 소문 같은 것은 다들 귓등으로 흘려 넘겼다. 그런데 이삼 년이 지나면서 국경 지대에서 일본 스파이들이 잡힌다는 소문이 들렸다. 그리고 당조직에서 일본 스파이에 대해 경고하기 시작했다. 그래도 사람들은 별 관심이 없었다. 그런데 연해주 여러 곳에서 일본 스파이들이 암약하고 있다는 소문이 나돌았다. 그런 분위기 속에서 육성촌 사건이 터졌던 것이다.

가장 먼저 잡힌 사람은 김문길이었다. 그가 잡혀가자 사람들은 그럴 줄 알았다는 반응을 보였다. 그의 아버지는 러시아인 지주 밑에서 꽤나 포악하게 감독 노릇을 했고, 그도 아버지의 뒤를 이어 감독을 했다. 그는 결국 숙청 바람에 휩쓸려 5년 동안 강제 노동을 하고 돌아와 집단농장에 배치되었다. 그런데 그는 줄곧 게으름을 피우고 버릇없이 굴고 해서 사람들의 미움을 사고 있던 참이었다.

그런데 며칠이 지나 세 사람이 한꺼번에 잡혀 들어갔다. 그중에 두 사람이 강윤배와 최진순이었다. 강윤배와 최진순은 만주에서 독립군으로 활동하다가 자유시 참변을 거쳐 빨치산스크에서 일본군과 싸웠고, 일본군이 물러난 다음 조선 독립군이 해산당하는 과정에서 농업을 선택한 사람들이었다. 그들은 뒤늦게 결혼을 해 자식을 두었고, 그 경력 때문에 사람들의 믿음을 사고 있었다.

윤선숙과 조강섭은 그 두 사람의 아이들을 가르치면서 각별히 신경을 썼다. 그들이 바친 노고에 보답하고 싶었던 것이다.

윤선숙이 편지를 보내고 나흘 만에 윤철훈이 나타났다.

"이거 참 번개 같군. 난 한 사나흘 더 걸릴 줄 알았는데."

조강섭이 놀라워했다.

"마침 한가하던 참이라 편지 받자마자 왔지. 그래, 무슨 일인 가?"

윤철훈이 매제와 누이동생을 번갈아 보았다.

"그러니까 말이에요……."

윤선숙이 빠르게 이야기를 해나갔고, 조강섭은 묵묵히 앉아 있었다.

"……좀 복잡한 문제로군. 요즘 당에서 신경을 곤두세우는 문제라서……."

윤철훈이 중얼거리듯 말했다.

"사람 마음이야 모르는 거지만 나나 집사람이 겪어 온 바로는 절대 그럴 사람들이 아니네. 공정한 수사가 되도록 자네가 손을 써 주게. 만약 수사가 잘못되면 그 사람들이 억울한 것은 말할 것도 없고, 모든 조선 사람이 의심받게 된단 말일세."

낮은 목소리였지만 조강섭의 의견은 강경했다.

"수사기관이 우수리스크겠지?"

윤철훈이 물었다.

"그래."

"알겠네. 내가 최선을 다해서 알아보지."

윤철훈이 분명한 태도로 말했다.

곧 윤선숙이 밥상을 차렸고 세 사람이 둘러앉았다.

"오빠, 여기 한 사람이 더 있어야 자리가 어울리죠. 전 오빠 혼인 문제만 생각하면 심각해져요."

"그동안 떠돌다 보니 그렇게 됐는데, 나도 이젠 좀 심각하게 생각해 봐야겠다."

"오랜만에 듣는 반가운 소리네. 어디 좋은 여자 봐 뒀나?"

조강섭이 반기며 말했다.

"아니, 그동안 괜찮은 여자가 더러 있긴 했는데, 내가 혼인할 처지가 됐어야 말이지."

윤철훈이 허전하게 웃었다.

"오빠 눈이 높아서 그래요."

"꼭 그렇지도 않아. 생활 여건이 더 문제일 때가 많지. 지난번 조선에서도 괜찮은 여자를 만났어. 내가 원산을 탈출할 때 선요원 노릇을 한 여잔데. 소학교 선생이고, 영리하고 침착하면서도 낭만적인 데가 있고, 혁명에 대한 열정도 뜨겁고……."

"어머, 오빠가 완전히 반한 모양이군요? 데려오지 그랬어요."

윤선숙이 그녀다운 적극성을 드러내며 안타까워했다.

"그런 욕심도 없지 않았지만 그쪽 조직원인데 쉬운 일이 아니지."

"참 오빠두, 그런 걸 따지니까 일이 안 되는 거예요."

"야, 시끄럽다. 다 지나간 일을 가지고."

쑥스러운 듯 말하는 윤철훈의 머릿속에 최현옥과 작별하던 때가 떠올랐다. 굳이 러시아식으로 작별 인사를 하자고 한 마음을 최현옥은 알아챘을까?

"자넨 요즘 별일 없나?"

조강섭이 조심스럽게 물었다.

"아무 일 없어. 상황이 복잡할수록 나 같은 사람이 더 필요하지 않겠나?"

윤철훈은 묘한 눈짓을 하며 씨익 웃었다.

"다행이군. 아무 일 없어야지."

조강섭이 고개를 끄덕이며 마주 웃었다.

윤철훈은 사진 기술을 익히고 있다는 것을 전혀 내비치지 않았다. 그건 특급 기밀이었고, 자신도 왜 사진 기술을 익혀야 하는지 몰랐다. 그냥 사진만 찍는 게 아니라 촬영·인화·수정·현상·사진기 수리까지 모두 익혀야 했다.

이튿날 아침 일찍 윤철훈은 길을 나섰고, 열흘이 지나 세 사람은 무혐의로 풀려났다. 그러나 김문길은 스파이 혐의로 재판에 넘어갔다. 그가 무슨 짓을 했는지 알 수 없었지만 사람들은 조선 사람 중에서 일본 스파이가 나왔다는 사실만으로도 불안해했다.

8

혈청단

장칠문은 새로 맞춘 검정 양복을 차려입고 그 모습을 거울에 비춰 보았다. 볼수록 멋진 자기 모습이 더없이 만족스러웠다.

그런데 그의 눈길이 자신의 코에 머물렀다. 휘어진 콧등만 눈에 띄면 어김없이 불길이 치솟았다. 그 중놈을 잡아 요절을 내지 못한 게 경찰복을 벗은 지금까지도 이가 갈렸다.

'그 중놈을 언젠가는 잡아서…….'

장칠문은 또 이를 악물며 보복감을 불태웠다.

"인력거 왔구만이라."

밖에서 그의 아내가 외쳤다.

대청을 나온 장칠문은 댓돌에 놓인 구두를 신으려 했다.

"아니, 아부님도 안 들여다보고 나가요?"

부채질을 하던 그의 아내가 톡 쏘았다.

"새 옷에 똥칠허면 어쩔라고!"

장칠문이 버럭 내쏘았다.

"하이고, 옷이 중허요 부모가 중허요?"

아내의 목소리도 카랑해졌다.

"알아듣지도 못허는디 알리면 뭘혀."

가슴이 찔리면서도 장칠문은 얼른 댓돌을 내려섰다. 아내가 효부라서 아버지를 들고 나오는 게 아니었다. 그건 일부러 시비를 걸자는 수작이었다. 아내의 그런 강짜는 첩을 본 다음부터 시작되었다.

"하이고 문딩이 잡것, 오뉴월 더위에 껌정 양복이 다 뭐냐? 그려, 온몸에 땀띠나 확 솟아 버려라."

남편이 사라지고 없는 대문 쪽에다 대고 장칠문의 아내는 악담을 퍼부었다.

"우아아……, 어으어으……."

저쪽 끝방 쪽에서 마치 짐승 울음 같은 괴상한 소리가 들려왔다.

"아이고, 어째 또 저래."

장칠문의 아내는 짜증스럽게 혼잣말을 하며, "야 점예야, 얼른 아랫방에 가 봐!" 하고 바락 소리를 질렀다.

"아이고, 징해라. 먹고 싸고, 먹고 싸고, 이 더위에 나도 인제 못 살겠소."

처녀가 땅이야 무너져라 하고 발을 팍팍 구르며 앞마당을 가로질렀다.

"으어어…… 우아아……."

그 괴상한 소리와 함께 방문이 덜그럭거렸다.

"왜 그러요, 왜!"

처녀가 소리치며 문고리를 벗기자 방문이 벌컥 열렸다. 늙은 영감의 모습과 함께 악취가 확 풍겼다.

"아이고, 또 싸지르고 맥질을 혔구만!"

처녀가 진저리를 치며 발을 굴렀다. 그 영감은 바로 장덕풍이었다. 그 늙고 추한 모습에서는 한창때의 장덕풍은 찾아볼 수 없었다.

"어야, 저 추레헌 남자 앞에 인력거 대!"

장칠문의 호령이었다.

"저 아편쟁이 말인게라?"

"그려."

인력거꾼이 길가에 초라한 몰골로 서 있는 남자 앞으로 인력거를 천천히 끌었다.

"어이 남일이, 거기서 뭘 허고 있는겨?"

장칠문이 그 남자를 내려다보며 거만스럽게 말했다.

"아, 장 계장님, 아, 아니, 장 사장님, 어디 납시시는게라?"

후줄근한 삼베옷을 걸친 남자가 허리를 굽실거렸다. 그는 외눈 백남일이었다.

"어험, 내가 오늘 상공회의소에 들어가게 되았네."

장칠문은 더욱 거만스럽게 거드름을 피웠다.

"아이고메, 참 잘되았구만이라."

몸이 삐쩍 마르고 얼굴에 병색이 짙은 백남일이 비굴하게 굽실 거렸다.

"돈 없제?"

장칠문은 가운데에 구멍이 뚫린 10전짜리 백동전 하나를 던졌다. 동전은 땅에 떨어져 또르르 굴러갔다. 백남일은 허리를 굽혀 허겁지겁 동전을 따라갔다.

"가자!"

장칠문은 더없이 통쾌한 승리감을 맛보며 몸을 뒤로 젖혔다.

"내가 눈깔 빙신으로 얼굴이 이리 험허게 생겼으니, 아편 안 피우면 무슨 재미로 살겄소, 이러지 않겄냐? 고놈 신세가 짠허기도 헌디, 그야 다 지놈이 엎어먹었으니 알 바 아니고, 우리야 돈 빌려 주고 그놈 정미소허고 미선소만 차지허면 되는 거이다. 흐흐흐 흐……"

장칠문은 아버지의 이 말을 떠올리며 빙그레 웃었다.

오로지 돈 모으는 데만 전념해 군산에서도 소문난 부자가 된 장덕풍이 풍을 맞아 쓰러진 것은 5년 전 예순아홉 때였다. 장덕풍은 온갖 약을 다 썼지만 풍을 이겨 내지 못하고 이듬해부터는 노망까지 부리기 시작했다. 그 기회를 놓치지 않고 장칠문은 경찰복을 벗었다. 괜히 어물거리다가 동생에게 그 많은 재산을 고스란히 넘겨줄 수도 있었다.

동생 기문이가 일으킨 과자 공장은 엄청나게 커져 있었다. 장칠문은 과자 공장 재산의 절반쯤 되는 돈을 주고 동생에게 군산을 뜨라고 했다. 당연히 동생은 반발했다. 장칠문은, 법으로는 엄연히 아버지 재산이다, 이만큼 해 주는 것도 큰맘 쓰는 것이다, 싫으면 그만둬도 좋다, 법으로 하면 넌 한 푼도 못 받으니까 법으로 따지자, 이런 식으로 동생을 몰아붙였다. 그리고 변호사에게 동생을 찾아가게 했다. 그 작전은 단 한 번에 효과를 발휘했다. 당장 동생한테서 연락이 왔다. 형이 하라는 대로 하겠다고.

거뜬히 혹을 떼어 낸 장칠문은 그 이름도 거창하게 일조(日朝) 물산이란 회사를 차렸다. 그다음에 추진한 일이 상공회의소의 회원이 되는 것이었다. 상공회의소 회원이 되어야만 사회적 지위가 높아져 사업이 번창할 수 있었다. 그리고 하시모토의 콧대를 꺾기 위해서라도 꼭 회원이 되어야 했다. 그는 경찰 간부들과 부청 간부들에게 시시때때로 인사를 차려 가며 상공회의소에 압력을 넣게 했고, 은행마다 거래를 터서 은행장들이 지원사격을 하게 만들었다. 그러는 한편으로 상공회의소 회원들과 친분을 쌓아 나갔다.

그 계획이 차근차근 진행되어 마침내 상공회의소 회원 자격을 얻은 것이었다.

상공회의소 입회식은 간략했다. 회장이 짤막한 환영사를 했고, 회원들이 환영의 박수를 쳤다.

"천황 폐하께 충성을 다하고, 대일본 제국의 발전에 작은 힘이나마 보태고, 군산 상공회의소의 번영을 위해 최선을 다할 것을 맹세하는 바입니다."

장칠문은 입회 인사를 하고 회원증을 받았다.

"장 상, 축하하오. 앞으로 잘해 봅시다."

하시모토는 된통 얻어맞은 감정을 짐짓 누르며 부드럽게 말했다.

"예, 잘 부탁드립니다."

장칠문도 보복의 통쾌함을 싹 감추고 사교적으로 응대했다.

회원들은 차를 마시며 이야기를 나누기 시작했다.

"신사참배로 학생 놈들이 왜 그리 말썽이오?"

"그게 다 공산주의 물 먹은 놈들이오. 모두 가차 없이 퇴학시켜야 해요."

"그런데 금년 들어서는 공산주의자들 사건이 꽤 줄었지요?"

"공산주의? 혁명? 그게 러시아에서나 먹히는 거지 대일본 제국의 영역에서는 어림도 없는 일이지요."

"당연하지요. 러시아야 우리하고 싸워서 진 놈들이니까요. 대일본 제국의 위력을 당할 놈들이 있나요. 으허허허……."

"그런데 얼마 전 부안에서 일어난 살인 사건 말이오, 그 비슷한 사건이 3년 사이에 벌써 네 번쩬데, 이상하지 않소?"

"아니, 네 번째라니 무슨 소리요?"

"나도 별 관심 없었는데 며칠 전 경찰 간부를 만났어요. 그 사람 하는 말이 이번에 부안에서 일어난 살인 사건이 그전에 옥구, 이리, 김제에서 일어난 살인 사건과 동일범의 짓 같다는 겁니다. 죽은 사람들이 모두 친일파이고 전혀 단서를 잡을 수 없다더군요."

"그럼, 누가 조직적으로 저지른 일이란 말입니까?"

"예, 경찰에서는 어떤 살인 집단이 계획적으로 저지른 짓이 아닌가 의심하고 있어요."

"일본 사람이 아닌 일본에 협조한 조선 사람을 골라서 살해한다. 그럼 경찰의 적극적인 수사를 피하면서 친일파를 제거하고, 또 다른 친일파들을 위협한다. 이런 이중 삼중의 효과를 노린 거겠군요."

"대단하십니다. 경찰에서도 그렇게 분석하고 있더군요."

"아주 악랄하고 지능적인 방법이군요. 우리가 조선 지배에 이만큼 성공하고 있는 건 그 협조자들이 있기 때문 아니오?"

"그러게 말이오. 우리 협조자들을 죽이는 건 결국 우리 일본 사람을 죽이는 거나 마찬가진데, 그 경찰 간부는 뭐라고 하던가요?"

"물론 그쪽으로 수사 방향을 맞춘다고 했지요. 그런데 군산경찰서에서 걱정하는 건 따로 있더군요. 그동안 살인 사건이 일어난 지역이 묘하게 군산을 둘러싸고 있다는 거지요."

"그게 왜 걱정이지요?"

"다음번엔 군산에서 사건이 터지지 않을까 하는 거지요."

그 순간 장칠문의 가슴은 쿵 내려앉았다.

"하, 그럴 수도 있겠는데요."

"듣고 보니 틀림없이 불령선인들 집단의 소행이오."

"잠적한 공산주의자들이겠지요?"

"어쨌거나 우린 다 조심해야 해요. 돈 많다고 소문나 있고, 그런 놈들한테 미움 받고 있으니까요."

"다들 점심이나 하러 갑시다."

"예, 식사는 제가 대접하겠습니다."

그때까지 한마디 없이 앉아 있던 장칠문은 기회를 놓치지 않고 재빨리 말했다.

"그거 좋소."

그들 열댓 명은 모두 자리를 털고 일어섰다.

점심을 먹고 그들과 헤어져서도 장칠문은 그 살인 사건의 충격에서 벗어나지 못했다.

'친일파만 고르고……, 다음번엔 군산일지 모른다…….'

보통 기분 나쁜 일이 아니었다. 꼭 자신을 겨누고 있는 것만 같은 불길함을 떼칠 수가 없었다.

그 사건에 대한 경찰의 추리는 정확했다. 그 살인 사건의 배후에는 비밀결사체가 있었고, 악질 친일파에 대한 응징으로 진행되고 있었다. 그 비밀결사체는 혈청단이었고, 단장 격은 보름이의 아들 오삼봉이었다.

오삼봉은 서무룡이 손을 써 줘 다른 학생들의 절반인 1년 감옥살이를 하고 풀려났다. 학교에는 더 이상 다닐 수 없었고, 다니고 싶은 생각도 없었다.

서무룡은 자기 밑에 들어와서 일하라고 진지하게 말했다. 오삼봉은 위장을 위해서라도 그럴까 생각했다. 그러나 그 주먹 패는 경찰의 앞잡이였고, 어머니를 설득하려면 자신이 계획하고 있는 일을 털어놓아야 하는데, 그 일은 어머니에게도 비밀에 부쳐야 했다.

서무룡은 자기 패에 끌어들이는 것을 포기하고 미곡 회사에 취직시켜 주었다. 위장을 위해서라도 취직은 필요했다. 열심히 일하면서 친구들을 기다렸다. 그리고 조직의 구성과 활동 방법을 구체적으로 짜 나갔다. 그 뼈대는 감방에서 만난 문 선생의 가르침을 따랐다. 소학교 선생으로 비밀결사를 조직했다가 5년형을 받은 문 선생은 친일파 척결을 첫 번째 과제로 꼽았다. 군인과 경찰·민간인을 모두 합해서 조선 땅에 와 있는 왜놈은 70만 명쯤인데 거기에 붙어먹는 친일파는 그 두 배가 넘는 150만 명쯤이라는 것이었다. 왜놈들보다 친일파 놈들을 먼저 없애지 않으면 나라를 되찾는 건 갈수록 어려워질 거라고 했다.

오삼봉은 출감하는 친구들을 하나씩 만났다. 그동안 모은 돈으로 술을 사 가며 그들의 진심을 캤다. 각오와 결의가 확인될 때까지 몇 번이고 만났다. 그렇게 해서 네 명을 모았다. 자신까지 다섯, 더는 필요하지 않았다.

"과욕은 금물이라는 명언이 있지. 그 말을 가볍게 생각했던 거야. 욕심이 앞서 단원을 40명 넘게 모은 것이 병통이었지. 지금 생각하면 열 명도 많은데."

문 선생의 말이었다.

혈청단이라고 이름을 짓고, 다섯이서 '血靑團(혈청단)'이라는 커다란 글씨를 백지 위에 혈서로 썼다. 피 끓는 청년 단체라는 뜻도 있고, 죽음으로 투쟁하는 청년 단체라는 뜻도 있었다.

오삼봉이 가장 먼저 행동에 나섰다. 첫 표적은 옥구에 있는 일본인 농장 농감이었다. 그자는 걸핏하면 소작인들을 끌어다 폭행하고, 소작인의 딸들을 대여섯 차례나 팔아넘긴 악질이었다.

오삼봉은 일이 끝나면 옥구로 발길을 서두르고는 했다. 그러기를 열흘 넘게 해서 드디어 기회를 잡았다. 그자는 밤늦게 잔뜩 취해서 혼자 집으로 돌아가고 있었다. 오삼봉은 커다란 돌로 그자의 뒤통수를 내리쳤다.

원한 살인이라며 소작인들을 마구 잡아들인다는 소문이 들려왔다. 그러나 열흘이 지나고 보름이 지나면서 경찰이 범인 찾기를 포기해 간다는 소식을 들었다. 결국 그 사건은 흐지부지되고 말았다.

첫 행동의 성공에 단원들은 더없이 흥분했다. 그들은 모임 날 축하주를 마셨다.

"우리 혈청단이 인제 의열단 안 부럽게 되았다."

"그려, 의열단이 따로 있냐. 우리가 국내에 있는 의열단이제."

"의열단 될라면 아직 멀었다. 앞으로 쉰 놈은 더 죽여야 우리가 그런 말을 헐 수 있지 않겠냐?"

"그도 그려. 인제 시작잉게."

그 뒤로도 일은 실수 없이 이어졌다. 부안까지 네 번째, 그들은 다섯 번째 표적을 찾고 있었다.

8월 들어 조선불온문서취체령이란 또 다른 억압법이 공포되었고, 5일에는 조선 총독이 바뀌었다. 우가키가 물러가고 조선군 사령관과 관동군 사령관을 지낸 미나미가 새로 온 것이었다. 총독이 바뀌는 것은 조선 사람들에게 새로운 공포였다. 총독이 바뀔 때마다 정책이 강경해지면서 살기가 자꾸 어려워졌다. 우가키는 농촌진흥정책으로 농촌을 더욱 살기 어렵게 만들었고, 신사참배까지 의무화해 놓고 떠났다. 미나미는 또 무슨 짓을 저지를지 몰라 사회 분위기는 침울하게 가라앉았다.

그런데 베를린 올림픽 마라톤에서 손기정 선수가 올림픽 신기록을 세우며 우승했다는 소식이 들려왔다. 그 소식은 침울해 있던 조선 사람들에게 만만세를 외치게 하는 통쾌한 일이었다. 그런데 거기에 더해 조선 사람들이 다 같이 의기를 품게 하는 사건이 터졌다. 《동아일보》에서 손기정 선수의 사진을 실으면서 가슴에 붙은 일장기를 지워 버린 일장기 말소 사건이었다.

9

달빛 속의 진혼곡

"얼마나 편찮으신게라?"

필녀의 눈에서 눈물이 뚝뚝 떨어졌다.

"······."

송가원은 돌덩어리로 굳어 있었고, 지삼출과 옥녀가 눈길을 떨구고 앉아 있었다.

"말 좀 혀 보랑게라. 가슴이 터져 버리겄소."

필녀가 제 가슴을 주먹으로 치며 흑 울음을 터뜨렸다.

"말허소. 다 알아야 헐 일잉게."

비로소 지삼출이 입을 뗐다.

송가원이 가슴 무너져 내리는 한숨을 토하고는 입을 열었다.

"위독하시구만요……."

"뭣이여! 얼마나……, 가시겄등가?"

목이 멘 지삼출의 목소리가 쉰 듯 들렸다.

"잘은 몰라도…… 열흘 넘기기가……."

송가원이 고개를 푹 떨구었다.

"나, 나 면회 좀 허게 혀 주씨요."

필녀가 절박하게 말했다. 그 얼굴에 눈물이 줄줄 흘러내렸다.

"……."

송가원은 또 굳은 듯 움직이지 않았다.

"사람 사는 세상인디 무슨 수가 있지 않겠소. 요것 67원이요. 그동안 푼푼이 모았는디, 비용으로 쓰고 선생님 딱 한 번만 뵙게 해 주씨요."

필녀는 치마 속주머니에서 꺼낸 돈을 송가원 앞에 놓고는 울음을 추슬렀다.

"이 돈 넣어 두세요. 제가 알아서 할 테니까."

송가원이 돈을 필녀 앞으로 밀었다.

"어이 가원이, 필녀 맘잉게 받아 두소. 모자라면 자네가 더 보태고. 그러고 나는 몰라도 필녀는 선생님을 꼭 한 번 뵙도록 혀 주소. 왜놈들도 돈이면 안 되는 것이 없다던디 무슨 수가 있지 않겄능가?"

지삼출의 말이 간곡했다.

"예, 그동안에도 여러 차례 해 보기는 했는데……."

"즈그 놈들도 사람인디 사정허면 어찌 되지 않겄능가? 그리고 성님헌티 얼른 연락혀야제."

"예, 편지를 보내야지요."

"아서, 전보! 고것을 치소. 사람 일이란 한 치 앞을 모르는 것잉게."

지삼출이 세상살이를 오래 해 온 사람답게 말했다.

"예, 그러지요."

"그러고……, 간수 놈들 잘 꾀어서 자네헌티 바로 연락하도록 만들어 놓고."

"예……."

송가원은 등줄기에 찬바람이 섬뜩 끼쳤다. 아버지가 갑자기 돌아가실지 모를 사태에 대비하라는 말이었다. 송가원은 그 냉정한 판단 앞에서 평생 무장투쟁을 해 온 늙은 지휘관의 침착함과 지혜로움을 느꼈다.

다음 날 점심때 송가원은 간수장을 만났다. 간수장은 그동안 돈도 많이 먹었고, 그의 식구들이 병원 신세를 많이 져서 송가원을 괄시할 수 없게 되어 있었다.

"딱 1분만 만나게 해 주십시오. 돌아가실 날이 얼마 남지 않았고, 이게 제 마지막 부탁입니다."

송가원은 돈 봉투를 꺼내 밥상 옆 다다미에 밀어 놓았다.

"그 여자도 혹시 불령선인 아니오?"

간수장이 송가원을 응시했다.

"참, 간수장님도. 사실이 그렇다 해도 제가 그렇다고 하겠습니까? 제가 솔직한 말 한마디 할까요? 저는 조선 사람으로서 일본과 일본 사람들을 좋아할 수가 없습니다. 그러나 개인적으로 간수장님은 좋아합니다. 그동안 저를 많이 도와주셨고, 그러다 보니 인간적인 정이 들었기 때문입니다. 이런 마음 이해하시겠습니까?"

송가원은 부드럽게 웃으며 속마음과는 정반대의 말을 풀어놓았다.

"아, 이해하고말고요. 에에 또, 이모저모로 사정이 딱하고, 다쿠타 송의 효심에 나도 감복했으니까 내일 면회를 허락하겠소."

간수장은 '닥터'를 '다쿠타'라고 해 가며 마음을 털어놓았다.

"아 예, 고맙습니다, 고맙습니다."

송가원은 일본식으로 무릎을 꿇으며 두 번 세 번 머리를 조아렸다.

"1분은 너무 야박하고, 2분으로 하겠소."

간수장은 돈 봉투를 집어넣으며 선심을 썼다.

면회실에 들어선 필녀는 철망 저쪽에 꼭 닫혀 있는 문을 바라보고 있었다.

이윽고 그 문이 열리고 송수익이 나타났다. 몰라볼 만큼 메마른 송수익의 얼굴색은 검푸르게 변해 있었다. 송수익은 철망 앞까지 부축을 받고 걸어왔다.

"서, 선생님……."

필녀는 철망에 매달리듯 했다.

"그래 필녀, 기어이 왔구먼."

송수익이 희미하게 웃으며 보일 듯 말 듯 고개를 끄덕였다. 그 목소리도 웃음만큼 희미했다.

"선생님……."

"미안허이. 그동안 고생이 얼마나 많았나?"

"아, 아니구만이라우, 아니구만이라우."

"긴 세월…… 고마웠네."

송수익은 필녀가 바쳐 온 헌신적인 뒷수발을 더듬고 있었다.

"아니구만이라우, 선생님……."

"자네 앞날은 가원이가 돌봐 줄 걸세."

"선생님……."

필녀는 또다시 눈물이 솟구쳤다.

"저어, 선생님……."

"음……."

"아니구만요, 아니구만요."

"무슨 말인지 해 보게."

"아, 아니구만요."

필녀는 차마 그 말은 할 수 없었다. 해 봐야 안 될 일이었고, 선생님에 대한 도리가 아니었다.

'선생님, 이제라도 전향서에 도장을 찍으시제라.'

이 말을 하고 싶었다.

"시간 만료!"

"선생님!"

송수익은 다시 부축을 받아 철망 저쪽의 문으로 나갈 때까지 뒤를 돌아보지 않았고, 필녀는 얼굴이 철망 사이로 비어져 나오도록 얼굴을 철망에 다붙이고 있었다. 그 얼굴을 타고 흐르는 눈물이 철망을 적셨다.

이틀 뒤 아침나절에 송가원은 아버지가 운명할 것 같다는 전화를 받았다.

송가원은 의무실로 뛰어들었다.

"아버님, 접니다, 가원입니다."

송수익이 푹 꺼진 눈을 더디게 뜨며 겨우겨우 손을 들었다. 송가원이 그 손을 움켜잡았다.

"마, 마, 만주에에……."

실낱같은 목소리가 목에서 끓는 가래소리에 묻히고 있었다.

120

"뿌, 뿌려라아……."

송가원은 귀를 가까이 댔다.

"니도, 니도 싸, 싸워어……."

더 이상 아무 소리도 들리지 않았고, 이내 손이 처졌다.

'아버지…….'

송가원의 어깨가 흔들리기 시작했다.

이후 시신을 넘겨받아 화장터로 옮겼다. 다음 날 송중원이 도착했다.

"유언이시면 어쩔 수 없지."

송중원이 창백한 얼굴로 말했다.

화장을 끝내고 모두 길림행 기차를 탔다. 송가원은 아버지가 돌아가신 날 병원에 사표를 냈던 것이다.

유골을 모시고 재를 올렸다. 여자들의 서러운 곡소리가 찬바람 부는 만주 벌판에 사무치고 있었다.

남자들이 차례로 뼛가루를 뿌렸다. 송중원, 송가원, 지삼출, 천수동……. 뼛가루는 찬바람을 타고 희게 날리며 끝없는 만주 벌판 그 어딘가로 사라져 갔다. 뼛가루 흩날리는 하늘 저쪽으로 수많은 새들이 무리 지어 남쪽으로 날아갔다.

"형님 먼저 떠나세요. 저는 정리할 일이 남아서요."

송가원이 형에게 말했다.

"······."

송중원이 고개를 끄덕였다.

형이 떠나자 송가원은 사람들과 함께하는 자리를 마련했다.

"제가 형님 때문에 일부러 덮어 두고 있었는데요, 아버지 유언이 한 가지 또 있습니다. 아버지는 저더러 싸우라고 하셨습니다. 형님한테 이 말을 하지 않은 것은, 형님이 두 차례 감옥살이로 지금 폐병을 앓고 있기 때문입니다. 그 말을 하면 형님도 아버지 유언을 따르려 할 텐데, 그 몸으로는 곤란하지 않겠습니까? 그리고 형님은 서울에서 잡지를 내고 있으니까 그 일을 잘하는 것도 중요하구요."

송가원은 오해가 없도록 잘 설명했다.

"······저는 아버지 유언을 따르고자 합니다. 지금 만주 곳곳에서 독립군 부대들이 치열하게 싸우고 있는 건 저도 압니다만, 알고 있는 부대는 없습니다. 이 점을 좀 해결해 주셨으면 합니다."

송가원은 여러 사람을 둘러보고는 지삼출에게 눈길을 주었다.

지삼출은 두어 번 헛기침을 했고, 다른 사람들은 숙연한 얼굴로 앉아 있었다. 한동안 침묵이 흘렀다.

"잉, 우리 손이 닿는 부대야 많은디, 의사 노릇을 하던 자네가 어쩌크름 총을 들고 싸우겄나?"

지삼출이 걱정 가득한 얼굴로 송가원을 바라보았다.

"그려, 허투루 생각혈 일이 아니제."

김판술이 고개를 끄덕였다.

"물론 저도 총 쏘기를 배우겠지만, 부상병을 치료하는 일도 중요하지 않겠습니까?"

송가원은 지난날 공허 스님이 했던 말을 실천하고자 했다.

"옳아, 그것 참말로 기막힌 생각이시."

강기주가 철퍽 소리가 나도록 무릎을 쳤다.

"그럼 나도 나설라요."

느닷없이 터져 나온 여자의 목소리였다.

"아니, 저것이 누구여?"

"누군 누구여, 필녀제."

남자들이 얼굴을 찌푸리고 혀를 차며 일제히 반대했다.

"자네는 선생님 살아 계실 적에는 선생님을 귀찮게 허더니, 선생님 돌아가시니 저 사람까지 귀찮게 혈라고 그러는가?"

김판술이 정색을 하고 말했다.

"아재, 면회 때 선생님이 나헌티 뭐라고 허신 줄이나 아요! 자네 앞날은 가원이가 돌보아 줄 걸세. 이러셨는데도 딴말들 허실라요?"

필녀가 이글거리는 눈길로 남자들을 훑어보았다. 남자들이 그 눈길을 피해 슬금슬금 고개를 돌렸다.

"어이, 어째야 쓰것능가?"

천수동이 지삼출의 허벅지를 질벅였다.

"선생님 말씀도 있고 허니 보내야제 어쩌겠능가?"

지삼출이 내린 결정이었다.

"아재, 그럼 지도 갈라요."

불쑥 말을 꺼낸 사람은 수국이었다.

"그려, 수국이가 뜨자면 어차피 대근이가 와야제. 동생이 오면
그때 가서 의논허자."

지삼출이 다독거리듯 말했다. 수국이는 다소곳이 그 말을 받
아들였다.

낙엽이 구르는 10월의 싸늘함 속에 서럽도록 맑은 달빛이 만주
벌판을 끝 간 데 없이 비추고 있었다. 송가원은 그 달빛 속에서
온통 서러움에 젖어 있었다. 아버지를 잃은 것이 이다지도 깊은
서러움일 줄은 몰랐다.

송가원 옆에는 옥녀가 붙박인 듯 서 있었다. 옥녀는 밝은 달빛을
바라보며 애간장 녹아내리는 서러운 가락을 속으로 뽑고 있었다.
이 막막한 타국 땅에 뿌려진 혼백의 극락왕생을 비는 것이었다.

"옥비…… 이제 돌아가도록 하시오."

"예에?"

"……"

"아니구만요, 안 갈랑마요."

"낮에 결정한 걸 듣지 않았소?"

"지도 싸울랑마요."

"죽고 사는 문제요."

"그것이야 아능마요."

"옥비는 필녀 아주머니하고는 달라요."

"선생님이 부상병을 치료허시듯 지가 소리를 들려주면 독립군들이 힘내서 더 잘 싸우지 않았능게라."

"허 참……, 요새 젊은 사람들은 소리를 별로 좋아하지도 않소."

"아는구만요. 지도 젊은 사람들이 좋아허는 신식 노래 부를 줄 아는구만요."

"할 수 없소. 뜻대로 하시오."

"고맙구만이라우, 고맙구만이라."

송가원은 통곡하고 싶도록 달빛이 서럽게 사무쳤다. 아버지를 이 낯설고 막막한 땅에 뿌린 때문이었다. 그 허망함과 기막힘은 영원히 가실 것 같지 않았다.

"옥비, 신식 노래 말고 혼을 달래는……, 그런 소리는 없소?"

"예, 진혼허는 소리가 있구만요."

"맞소, 진혼곡. 그걸 한번 불러 보지 않겠소?"

"밤에 소리를 혀도 괜찮을게라?"

"이 허허벌판에서 누가 뭐라겠소."

옥녀는 아랫배에 힘을 넣으며 아까 속으로 엮어 나갔던 가사를 되짚었다.

왜 왔던고 왜 왔던고 만주 벌판에 왜 왔던고

낯설고 물설은 만리타국 만주 땅에 어인 일로 왔던고

삼천리라 금수강산 왜놈 발에 짓밟혀서 조선 해는 간곳없으니

뜻 굳은 남아로서 할 일이 그 무언고

빼앗긴 나라 되찾는 것 그것밖에 더 있는가

암흑천지에 불 밝힐 일 그것밖에 더 있는가

옳소이다 옳소이다

그 길을 아니 가면 어찌 조선 남아리까, 어찌 조선 남아리까

그러허나 예로부터 옳은 길은 가시밭길

처자식도 생이별에

둘도 아닌 목숨조차 내놓아야 하는 길

그 길을 택한 남아 몇몇이나 되었던가

하나뿐인 목숨을 초로같이 여기고서

의기 푸른 조선 남아들 만주 땅에 진을 치니

장하도다 장하도다

하늘이 칭송한다

눈보라 몰아치는 허허벌판 만주 땅에

풍찬노숙 뼈 깎으며 왜놈들과 싸우기 그 몇몇 해던고

1년이 10년 되고 10년이 20년 되어

고향 땅이 그리워라 처자식이 목메어라

그래도 굽히지 않은 뜻 일편단심 구국이라

나라 찾아 금의환향 하렸더니

에고오 어인 일로 갇힌 몸 되었는고

에고오 어찌타 옥사가 웬 말인고

어화 원통해라

아이고 절통해라

이대로는 못 가겠다 이대로는 못 가겠다

원통하고 절통해서 이대로는 못 가겠다

애간장 녹는 슬픈 가락이 달빛 푸르른 벌판으로 퍼져 나가고, 그 소리에 이끌려 마을 사람들이 몰려나왔다.

혼백으로도 끝끝내 싸워 이길 터이니 나를 만주 땅에 뿌리거라

고결하신 그 뜻에 산천초목이 떨고

휘영청 밝은 저 달도 눈물을 흘리는데

어찌타 뒤따르는 자들이 그 뜻 모르오리까

무릎 꿇고 머리 조아려 하늘에 맹세하노니

다 못 이루신 뜻 정녕코 이루오리다

남기고 가신 한 기필코 풀겠소이다

굳게굳게 맹세하고 뒤따르오니

어화 님이시여, 님이시여

원통함을 푸시고

절통함도 푸시고

이 거친 만주 벌판 떠돌지 마시고

춥고 어두운 구만리장천을 떠돌지 마시고

편안한 마음으로

웃으시는 얼굴로

극락왕생하오시라

비옵나니 비옵나니

극락왕생하오시라

소리를 마친 옥녀는 두 손을 모으고 머리를 조아렸다. 그 얼굴에 눈물이 흐르고 있었다. 달빛에 젖은 벌판 저 멀리를 바라보고 있는 송가원의 눈에도 눈물이 흘러내렸다.

마을 사람들은 누가 먼저랄 것 없이 땅바닥에 엎드리며 두 번씩 절을 하고 있었다. 진혼곡에 맞추어 어느덧 진혼제가 이루어지고 있었다.

10

이민 바람

새벽 바다에 봄 안개가 자욱했다. 많은 섬들이 안개 속에 잠긴 채 머리만 조금씩 내밀고 있었다. 그러나 그 그윽한 풍광을 눈여겨보는 사람은 별로 없었다. 일찍 부두에 나선 사람일수록 하루살이가 그만큼 고달픈 사람들이었다. 더구나 요사이 부두에는 사람들의 마음을 흔드는 만주 이민 바람이 불고 있었다.

"어이 배 서방, 어쩌기로 혔능가?"

"글쎄……, 척식회사 말대로라면 날품팔이보다야 낫지 않겠어?"

"근디 왜놈들 말을 믿을 수가 있어야제. 첫해에 먹을 양식에다 종자까지 미리 빌려주고, 집까지 지어 놓고 이민 오기만 기다린다니, 왜놈들 인심치고는 너무 좋단 말이시."

"의심허자면 한도 끝도 없는 일이시. 어쨌거나 우리가 바라는 것은 농사짓는 것잉께 눈 딱 감고 신청허는 것이 어쩌겄능가?"

"그리 생각허면 그렇기도 헌디."

"참 더런 놈의 세상이시. 논밭 다 뺏기고 만주로 뜰 궁리나 허고 앉었으니……."

"어쩔 것잉가, 다 나라 뺏긴 죄인들잉께로……."

누가 먼저랄 것도 없이 그들은 한숨을 토해 냈다.

작년(1936년) 9월 선만척식주식회사가 창립되었고, 해가 바뀌어 만주 이민자를 모집하기 시작했다. 선만척식주식회사에서 선전하는 조건은 생활고에 시달리는 사람들의 마음을 흔들어 놓기에 충분했다.

첫째, 만주에는 농토가 얼마든지 있고, 땅이 기름져 농사가 잘 된다.

둘째, 첫해의 양식과 종자 그리고 농기구까지 미리 빌려준다.

셋째, 살 집까지 다 지어 놓고 이민을 오기만 기다린다.

넷째, 몇 해만 부지런히 일하면 누구나 자작농이 될 수 있다.

이런 선전에 부두 노동을 하는 남상명의 막내아들 남만석도 마음이 흔들렸다. 그러나 어머니가 만주로 떠나는 것을 워낙 싫어하는 게 문제였다.

"니가 세상을 딜 살아서 허는 말인디, 왜놈들을 믿느니 경상도 디딜방아를 믿는 것이 낫제. 만주 갈 생각 말고 뺏긴 땅 찾을 생각이나 야물딱지게 혀."

어머니에게 그 말을 한 다음 날 남만석은 박건식에게 불려 갔다.

"자네 얘기 들었는디, 딴맘 먹지 말고 뺏긴 땅 찾을 생각이나 허소. 내가 얼마 못 살 것잉게 자네가 우리 동화허고 힘 합쳐 땅 찾아야 혀. 무슨 말인지 알아먹것능가?"

병이 깊어 일어나 앉지도 못한 채 박건식은 남만석을 바라보았다. 그 말은 마치 유언 같기도 했다.

"야아⋯⋯."

남만석은 마지못해 대답했다. 그러나 찾을 수 없는 땅을 바라고 언제까지 세월을 보내야 하는지 답답할 노릇이었다.

이튿날, 남만석은 하도 답답해서 일을 끝내고 사무실로 박동화를 찾아갔다.

"앉소. 요새 속 터지겠제?"

박동화의 무표정한 말이었다.

"성님은 그 일을 어찌 생각허시요?"

남만석은 의자에 걸터앉으며 불퉁스럽게 물었다.

"자네 만주로 뜰라는 것 말이여?"

박동화가 서류를 간추리며 물었다.

"아니, 땅 도로 찾는 것 말이오."

"그야 노인네들이 헛꿈 꾸는 것이제."

박동화의 대꾸는 싸늘했다.

"그렇제라? 찾기는 그른 것이제라? 성님이 아재헌티 말 좀 혀 주씨요."

남만석의 목소리가 들떴다.

"자네도 꿈 깨소. 노인네들 고집이 황소 잡아먹는단 것 알제?"

박동화는 쓰게 웃으며 고개를 저었다.

"아이고메, 미치고 환장허겄능거!"

남만석은 제 가슴을 퍽퍽 쳤다.

"자네 맘 다 아는디, 너무 속상해 허지 말드라고. 요번만 때가 아닌게."

"아니 성님, 그럼 요번 말고 또 모집헌당게라?"

남만석의 눈이 커졌다.

"아무 말 말고 기다리소. 그리될 것잉게."

"고 말 믿어도 되겄소?"

남만석은 고개를 뻗치며 다짐을 받으려 들었다.

"그려, 믿어도 돼야. 가드라고, 막소주나 한잔씩 허게."

박동화가 몸을 일으켰다.

남만석도 따라 일어나며 답답했던 가슴에 숨길이 트이는 것 같았다. 유식한 동화 형이 가망이 없다고 하면 그 땅을 찾기는 영틀린 일이었고, 다음번에는 어떡하든 만주로 떠야 했다.

박동화와 남만석은 해변가의 싸구려 술집에 자리를 잡았다.

"아재 몸이 더 상허셨든디, 그 병이 어찌 될라능게라?"

남만석이 걱정스럽게 말을 꺼냈다.

"모르겠네, 몇 달이나 더 사실랑가. 무슨 놈의 병이 낫질 않으니……."

박동화가 먼 눈길을 바다 쪽으로 던진 채 소주잔을 들었다.

박건식은 위암을 앓고 있었다. 병세는 날로 나빠져 막바지에 이르러 있었다.

"성님 자리 옮기는 일은 잘 되야 가고 있소?"

"어허, 그런 말 아무 데서나 허능 것 아니여. 자, 술이나 먹소."

박동화는 말을 막듯 빈 잔을 불쑥 내밀었다.

박동화는 몇 달 전부터 관청으로 자리를 옮기려고 몰래 손을 쓰고 있었다. 어째서 박동화가 관리가 되려 하는지 알 수 없었다. 건식이 아저씨도 아들이 그러고 있는 줄 모르는 것 같았다.

그러나 한 가지는 틀림없었다. 언제부터인지 모르지만 박동화가 변심했다는 점이었다.

"인제 일어나 보드라고. 술이 지나치면 몸에 안 좋은게로."

박동화가 돈을 꺼내며 먼저 일어났다.

"성님, 일본 세상이 세세만년 갈 것이란 소문이 자꾸 커지는디,
고것이 참말일게라?"

술집을 나선 남만석은 취한 척하며 물었다.

"그러니 우리 농토 찾을 가망이 없다고 헌 것 아니겠어."

박동화의 퉁명스러운 대꾸였다.

'아, 그래서 변심한 것인가!'

남만석의 머리를 친 생각이었다.

3월이 가기 전에 전국에서 모집한 제1차 만주 이민은 1만 1,928명이었다. 한 세대에 가족을 다섯 사람씩 잡으면 6만여 명이 조선을 떠난 것이었다.

박건식은 4월 초에 눈을 감았다. 그는 남상명과 똑같이 빼앗긴 땅을 꼭 되찾으라는 유언을 남겼다. 그의 아버지 박병진이 남긴 유언을 그대로 대물림한 것이었다.

그러나 박동화는 아버지가 돌아가신 슬픔과는 별개로 마음이 홀가분했다. 그는 거리낌 없이 자리를 옮기는 일에 나섰다. 그러나 일은 뜻대로 풀리지 않았다. 지난날 퇴학당한 사건이 꼬투리가 되었다. 사상이 불온하고, 학력이 모자란다는 것이었다.

박동화는 그때의 일을 후회했다. 그때 시위를 주도해서 퇴학당했지만 달라진 것은 아무것도 없었다. 공산주의가 독립의 길이라고 믿어 위험을 무릅쓰고 그 운동에 나섰지만 남은 것은 아무것도 없었다. 감옥에 갇힌 상부 조직원들은 전향서를 쓰고 풀려나 좋은 자리에 취직까지 했다. 1935년이 지나면서 조직은 다 흩어지고, 전향해서 편히 사는 사람들은 자꾸 늘어 갔다. 그리고 만주를 점령한 일본은 중국에 밀려나기는커녕 해가 갈수록 힘이 커지고 있었다. 일본이 조선을 몇 백 년 다스리게 될 거라는 소문은 정말일지도 몰랐다.

지난 일을 후회하게 되자 박동화는 자신의 직업이 더 불만스러워졌다. 실력으로 따지자면 훨씬 더 대우 좋고 권세 부리는 자리에 앉을 수 있었다.

막냇동생 용화가 사범학교에 진학하기를 원했을 때 주저 없이 찬성한 것도 그 때문이었다. 선생은 대접받는 좋은 직업이었다.

박동화는 아무리 생각해 봐도 모자란 학력을 해결할 길이 없었다. 그래서 관리가 되기를 포기했다. 그리고 실력으로 모자란 학력을 채울 수 있는 직장을 구하기로 했다. 은행이나 상공회의소 같은 곳도 권세는 관리만 못하지만 대우 좋고 그 나름으로 권세를 부릴 수 있었다. 박동화는 날마다 아는 사람을 찾아다니기에 정신이 없었다.

11

동북항일연군

산은 깊고 나무는 우거져 있었다. 산이 높고 깊은 만큼 봄은 늦어 나무들은 겨울 모습 그대로였다. 험준한 산줄기가 겹겹으로 굽이치며 뻗어 나가고, 원시림은 그 산줄기를 온통 뒤덮고 있었다. 숲 우거지고 눈 덮이면 짐승들도 길을 잃는다는 백두산록이었다.

그 깊은 산속의 아름드리나무에 큼직큼직한 글씨들이 검게 박혀 있었다.

중국 조선 인민의 적 일제를 타도하자!

조선 인민이여 뭉치자 궐기하자!

조선 독립 만세! 만만세!

아름드리나무 한쪽을 깎아 내 먹으로 쓴 구호들이었다. 동북항일연군 유격대가 대원들의 사기를 높이고 산속에 사는 사람들의 단결을 위해 일삼아 해 놓은 것이었다.

구호목이 있는 가까운 곳에는 마을이 있게 마련이었다.

송가원은 홍두산 월송골의 병원에서 일하고 있었다. 병원은 마을과 꽤 떨어진 숲속에 숨듯이 자리 잡고 있었다.

"선생님 계신게라?"

문이 열리며 조심스러운 여자 목소리가 들렸다.

"음마 아짐씨, 어여 오시씨요."

필녀와 수국이가 병원 안으로 들어섰고, 옥녀가 그들을 반갑게 맞이했다.

"아이고, 어서 오십시오. 오늘은 좀 한가하신가요?"

환자의 상처를 보고 있던 송가원이 반갑게 웃었다.

"바쁘시구만이라?"

필녀가 머뭇거리며 눈치를 보았다.

"다 끝났습니다."

송가원은 좀 기다리라고 손짓하고는, "경과가 아주 좋습니다. 하지만 상처가 아물면서 가렵더라도 긁어서는 안 됩니다." 하고 환자에게 일렀다.

"예, 알겠습니다. 고맙습니다."

환자가 꾸벅 인사하고 돌아섰다.

병원 안은 치료실과 환자실로 나뉘어 있었다. 환자실에는 총상을 입은 대원들이 입원해 있었다.

"임의 품이 좋기는 좋은갑다. 잘 먹지도 못허면서 옥비 명창 얼굴이 날로 피네."

통나무로 엮은 걸상에 앉으며 필녀는 웃지도 않고 이런 말을 걸쳤다.

"아이고메 아짐씨도……."

옥녀는 얼굴을 가리며 돌아섰고, 송가원은 허허대고 웃었다.

"선생님, 건오를 좀 보러 왔는디요."

수국이는 얼른 말을 바꾸었다. 의사인 송가원에 대한 호칭은 모두가 '선생님'이었다.

"예, 그러시지요."

송가원의 말이 떨어지기 바쁘게 옥녀가 환자실로 들어갔다. 옥녀는 간호원 노릇을 하고 있었다.

"안녕하세요, 아주머니들. 뭐하러 또 오셨어요."

김건오가 옥녀의 부축을 받고 걸어 나오며 수국이와 필녀에게 인사했다.

"아픈 데는 좀 어떤고?"

수국이가 안쓰러운 얼굴로 김건오를 바라보았다.

"예, 많이 나았어요."

김건오가 수염 검실검실한 사내답게 대답했다.

"그려, 얼른 말끔히 나아야제. 느그 엄니가 니 다친 줄 알면 얼마나 애간장이 녹겠냐? 아나, 요것 먹어라."

필녀가 조그만 봉지를 내밀었다.

"죽은 사람도 많은디 요런 것 가지고 애간장이 녹고 그래요?"

김건오가 쑥스러운 듯 웃었다.

"에이, 징헌 소리 말고 요것이나 먹어. 장백에서 구해 온 사탕이여."

필녀가 김건오의 손에 봉지를 들려 주었다.

"아이고 참 아주머니도. 제가 어린앤가요, 사탕을 가져오시게."

김건오가 멋쩍어하며 송가원을 힐끔 보았다.

"대근이 아저씨는 아직 소식 없으신가요?"

김건오는 자리를 고쳐 앉으며 수국이에게 물었다.

"하마 올 때가 넘었는디……."

수국이의 낮은 대꾸에 걱정이 서려 있었다.

"대근이 아저씨야 양세봉 장군님 같으신 분이니까 곧 무사히 돌아오실 겁니다."

숙연한 얼굴로 김건오가 말했다.

"하면, 우리 대근이야 백두산 호랭인디, 또 공 많이 세우고 금세 올 것이여."

필녀가 반기며 말을 받았다.

'아! 우리 대근이가 양세봉 장군님하고…….'

수국이는 가슴 울렁이도록 감격했다.

"자, 기왕 나온 김에 치료를 좀 합시다."

송가원이 몸을 일으켰다.

"다친 데 보면 징헌게 우리는 가야 쓰겄다."

필녀도 옷을 터는 손짓을 하며 일어났다.

조선혁명당군에 속해 있던 김건오는 작년 봄에 동북항일연군이 되었다. 양세봉 장군이 그렇게 횡사한 뒤에 조선혁명당군은 새 사령관을 정하고 조국의 독립과 양 장군의 원수를 갚기 위해 더욱 용맹스럽게 투쟁하기로 다짐했다. 그러나 양세봉 장군을 잃은 조선혁명당군의 사기는 전 같지 못했고 이탈자가 생겨나기 시작했다. 엎친 데 덮친 격으로 총사령 김호석이 만주군에 체포되면서 조선혁명당군은 곧 무너질 위기에 빠졌다. 그때 조선과 중국의 연합군인 동북항일연군이 함께 싸우자고 제안해 왔다. 조선혁명당군은 그 제안을 받아들여 동북항일연군으로 들어왔고 김건오도 동북항일연군 대원이 되었다. 그건 단순히 약한 군대가 강한 군대에 흡수된 것이 아니라 조국 해방을 위한 민족주의 세력과 공산주의 세력의 연합이었다.

제1로군에서 제11로군까지 편성된 동북항일연군은 만주 중부

이남 지역에서 투쟁을 전개했다. 서쪽으로는 압록강 끝 안동에서 동쪽으로는 우수리강 변의 요하, 동북쪽으로는 하얼빈보다 위쪽인 해론 근방까지였다. 그런데 서북쪽으로는 그다지 세력 확장을 못해 봉천에서 길림까지 그 아래쪽으로 한계선을 긋고 있었다. 장춘에 사령부를 둔 관동군은 철도를 따라 그런 대도시 가까이에 집중 배치되어 있었던 것이다.

만주를 조선처럼 지배하고 싶은 일본의 입장에서나, 나라를 되찾고자 하는 조선의 독립투사들 입장에서나, 일본군을 자기네 땅에서 몰아내고자 하는 중국의 입장에서나 만주에서 가장 핵심적인 지역은 중국과 조선의 국경을 낀 중부였다. 그곳을 담당하고 있는 부대가 제1로군과 제2로군이었다. 제1로군은 압록강을 끼고 백두산 서쪽 지역이 활동 무대였고, 제2로군은 두만강을 끼고 백두산 동쪽 지역에서 활동했다.

제1로군의 각 부대들은 일본군과 전투를 계속하면서 작년(1936년)에 산악 지대인 무송현과 장백현 일대로 이동해 여러 곳에 유격 근거지와 밀영을 구축했다. 송가원 일행도 그때 방대근을 따라 장백현으로 들어왔다.

방대근은 항일연군 사령부 소속으로 특수 임무를 맡고 있었다. 만주에는 밀정이나 친일 분자들만 있는 게 아니었다. 항일 유격전이 계속되면서 변절자나 투항자가 늘고 있었다. 그들은 부대의 기밀을 적에게 넘겨주고, 적의 길잡이 노릇까지 하면서 2차 배신을 저질렀다. 그들은 일본군보다 더 무서운 적이었다. 한 사람의 배신으로 수십, 수백 명이 죽을 수도 있었다. 변절자나 투항자가 생기면 재빨리 부대를 이동해야 했다.

항일연군에서는 밀정과 악질 친일배를 포함하여 그런 자들을 찾아내 없애는 특무 공작대를 두고 있었다. 방대근이 그 부대의 대장이었다.

방대근 아래에는 다섯 명씩 네 개의 소부대가 구성되어 있었다. 그리고 소부대마다 부대장을 두었다. 이광민은 남만주 일대를 맡은 제1대의 부대장이었다.

방대근은 제2대를 이끌고 용정의 공동묘지에서 밤이 오기를 기다리고 있었다. 친일 단체인 간도협조회 회장 김동한을 처치하기 위해서였다. 그들은 용정에 잠복해 있는 제2로군의 고정책이 나타나기를 기다리고 있었다.

특무 공작대는 현지의 유격대와 긴밀하게 협조하며 작전을 펼쳤다. 각 군에서 제거할 자들을 찾아내 정보를 넘겨주면 특무 공작대가 행동에 나섰다. 제1로군에서 제11로군까지 종횡무진하고 있는 방대근은 일본군에게 신분이 드러나는 것을 막기 위해 군마다 이름을 달리 쓰고 있었다. 그러다 보니 가명이 열 개가 넘었는데, 절반은 조선식 이름이었고 절반은 중국식 이름이었다. 이름

짓기가 쉽지 않았지만 방대근은 '백호'라는 이름은 쓰지 않았다. 송수익 선생이 내리신 별호라 가슴 깊이 담아 아끼고 싶었다.

방대근은 송수익 선생만 생각하면 가슴이 메었다. 그분을 구해 내지 못하고 혼자 도망친 죄스러움이 가슴 깊이 사무쳐 있었다.

송수익 선생이 장춘에서 변을 당한 그날 밤, 자신은 숙소에서 선생님을 기다리기가 지루해 밖에서 어정거리고 있었다. 그런데 웬 사내가 경찰 둘과 함께 다급하게 이쪽으로 오는 게 보였다. 긴장하고 있던 참이라 반사적으로 몸을 숨겼다. 가까워지고 있는 그 사내는 숙소를 안내해 준 식당 종업원이었다.

'저놈이 끄나풀이었구나! 그럼 선생님은 어찌 되셨나!'

식당 쪽으로 정신없이 뛰었다. 그러나 불이 환히 켜진 식당에서는 여자들 울음소리만 울리고 있었다. 식당 주인을 잡으려는 것 같았다. 그러나 식당으로 들어가 볼 수는 없었다. 아직 경찰들이 남아 있을지 몰랐고, 경찰이 자신을 찾아 들이닥칠지도 몰랐다.

선생님을 구해 낸다는 것은 망상이었다. 어서 장춘을 벗어나야 했다. 숙소에 짐이 있었지만 들러서는 안 되었다. 그곳은 이미 불구덩이였다. 그는 어둠을 헤쳐 그곳을 벗어났다.

그 뒤로 선생님을 뵙지 못한 채 뼛가루를 만주 벌판에 뿌렸다는 소식을 들었다. 터지는 울음을 누를 수가 없었다.

어둠 속에서 인기척이 들렸다. 그리고 돌로 돌을 치는 소리가 네 번 울렸다. 방대근은 얼른 돌을 세 번 쳤다. 그리고 두 번째 암호를 던졌다.

"백두산."

"천년 산삼."

어둠 속에서 응답한 암호였다.

"안 동지, 이쪽이오, 이쪽."

방대근은 앞으로 나서며 말했다.

"오래 기다리셨지요. 헌데 오늘 밤엔 안 되겠는데요."

어둠 속에서 나타난 사람이 말했다.

"무슨 일이 생겼소?"

"예, 긴급회의가 소집돼 잔치가 취소됐습니다."

헌병대장의 생일잔치에서 술 취해 돌아오는 김동한을 처치하기로 했던 것이다.

"며칠 머무시면서 기회를 다시 보는 것이 어떻겠습니까?"

"그럴 여유가 없소. 딴 임무가 있응게. 다음에 또 봅시다."

방대근의 말은 칼날이었다.

"예, 알겠습니다. 무사히 가십시오."

그들은 헤어졌다.

방대근은 용정 시가지의 먼 불빛을 보며 대원들을 이끌었다. 용정, 북간도에서 가장 번화한 도시. 친일 모리배들이 우글거리는 소굴.

방대근 일행 여섯은 해란강을 건너고 이틀 동안 산을 타서 안도현에 이르렀다.

"노장업이라고, 수색대장인데 아주 악질입니다. 그동안 그놈을 없애려고 몇 번 유인작전을 폈지만 실패했습니다. 아주 영리하고 작전술도 뛰어난 놈입니다."

조직원의 설명이었다.

"유인작전이 실패라면……, 남은 것은 한 가지뿐인디……, 그놈 거처는 파악허고 있소?"

방대근은 말 한마디 한마디를 꼭꼭 씹듯 신중하게 말했다.

"예, 부대에서 한 마장쯤 떨어진 벽돌집에서 일본 여자하고 삽니다."

"주변은 어떻소? 다른 집들이 옆으로 많으요?"

"아닙니다. 옆으로 그 집하고 비슷한 집이 두 채 있고 동네에서 꽤 떨어져 있습니다."

"평소에 그놈이 언제 집으로 돌아오요?"

방대근이 물었다.

"보통 저녁밥 때쯤입니다."

"내일 나허고 현장 구경을 헙시다."

다음 날, 중국인 보따리장수로 변장한 방대근은 먼발치에서 그

집과 주변을 살폈다. 부대에서 집까지는 1킬로미터밖에 되지 않았다. 일을 무사히 끝내기에는 꽤나 위험했다.

"일을 처리하기가 좀 고약하시겠지요?"

그 지역을 완전히 벗어나자 조직원이 물었다.

"그러니 우리가 필요헌 것 아니겠소."

방대근은 초저녁 어름에 일을 해치우기로 작정했다.

그들 여섯 명이 그 집 가까이 이르렀을 때는 어둠살이 짙어 있었다.

방대근이 손짓하자 세 사람이 두 채의 벽돌집 담에 붙어 섰다. 그들은 미리 세운 작전대로 민첩하게 움직였다.

방대근은 나머지 두 대원과 함께 담을 타 넘었다. 그들은 손에 칼과 포승을 들고 있었다. 방에서는 웃음소리가 들려왔고, 부엌에서는 그릇 달그락거리는 소리가 났다.

방대근이 다시 손짓하자 한 대원이 부엌으로 내달았고, 방대근과 또 한 대원은 방문을 박차고 들어갔다.

"꼼짝 말엇! 소리치면 죽인다!"

칼을 겨눈 방대근이 싸늘하게 내쏘았다.

두 남녀가 질겁해서 방구석으로 몰렸다. 한 대원이 순식간에 여자를 낚아챘다. 그리고 수건을 입에 틀어박았다. 그때였다.

"어! 자네 대근이……."

"아니, 자네 병갑이……."

그 돌발 상황에 여자를 묶던 대원이 멀뚱하게 방대근을 올려다 보았다.

"얼른 묶어!"

방대근이 날카롭게 내질렀다. 그의 눈에서 살기가 번뜩했다. 그는 노병갑을 알아본 순간 소스라치게 놀랐고, 마음이 와르르 무너져 내렸다. 그러나 부하의 눈길을 보는 순간 제정신이 돌아오며 노병갑의 배신에 분노가 치솟았다.

"아, 아니야, 내 뜻이 아니야. 미, 민생단 투쟁으로 중국 놈들이……, 자네도 알지?"

노병갑은 부들부들 떨고 있었다.

"……."

"이보게. 저, 정말이야, 정말이라구……."

"……."

"날, 날 믿어 줘. 한 번만 용서해 주면……."

"……."

그때까지 노병갑을 노려보고만 있던 방대근이 몸을 돌렸다. 그리고 부하에게 빠르게 눈짓했다.

"으악! 으으윽……."

방대근이 밖으로 나가는 동안, 그의 부하는 두 번, 세 번 칼질

을 하고 있었다.

짙은 어둠 속을 여섯 개의 그림자가 빠르게 움직이고 있었다.
그런데 맨 끝에 선 그림자의 팔놀림이 다른 그림자들하고 달랐
다. 두 손이 번갈아 가며 자꾸 얼굴을 훔치고 있었다.

12

보천보 진공

"송 형, 이것 좀 보시오. 호외요, 호외!"

한 사람이 잡지사 문을 열어젖히고 들어서며 팔을 흔들었다.

"어서 오시오, 윤 형. 무슨 호외요?"

송중원이 만년필을 놓으며 몸을 일으켰다.

편집실에 있던 서너 사람의 눈길이 모두 그 사람에게 쏠렸다.

"아, 이렇게 통쾌한 일이 있소. 독립군이 함경남도 보천보를 기습 공격했단 말이오."

소설가 윤일랑은 흥분한 목소리로 손에 든 종이를 깃발처럼 흔들어 댔다.

"아니 독립군이? 어디 좀 봅시다."

송중원이 놀라 급히 책상에서 벗어났다.

"보시오, 함남 보천보를 습격. 우편소 면사무소에 방화……."

윤일랑이 호외 제목을 큰 소리로 읽었다. 직원들이 더는 못 견디겠다는 듯 송중원 등 뒤로 모여들었다.

"어젯밤 200여 명이 갑자기 습격, 보통학교와 소방서에 방화라……."

송중원이 낮은 소리로 읽어나갔다.

함남 경찰부에서 출동

김일성 일파로 판명

1937년 6월 5일 《동아일보》 호외였다. 《동아일보》는 손기정 선수의 우승 사진에서 일장기를 삭제한 사건으로 정간당했다가 6월 1일 복간되었다.

"선생님, 김일성이란 사람이 누굽니까?"

젊은 직원이 조심스럽게 말을 꺼냈다.

"잘 모르겠는데. 처음 듣는 이름이야."

윤일랑이 고개를 저으며 송중원을 보았다.

"아마 새로 등장한 인물 같소. 독립군도 계속 세대가 바뀌고 있으니 말이오."

송중원은 끝내 돌아오지 않은 동생을 생각하며 말했다. 어느 날 김일성이 아닌 송가원이란 이름으로 호외가 발행될지도 모른 다고 송중원은 생각했다.

"200명이면 적은 수가 아니지요?"

다른 직원이 윤일랑을 바라보았다.

"물론이지. 무장 경찰 열 명만 종로에 나서도 종로 거리가 꽉 차보이지 않던가? 헌데 무장 병력 200명이면 굉장한 거지."

"아직도 독립군이 그리 많다니, 참 놀랍습니다."

"그걸 보고 놀라면 안 되지. 그 부댄 일부고 만주에 더 많은 부대가 있을 텐데."

"왜놈들 만주 다 평정했다고 큰소리 뻥뻥 치더니 낯짝에 똥칠을 했군요."

"그러니 통쾌하다는 것 아닌가?"

윤일랑이 담배를 뽑아 들었다.

"송 형, 이 보천보 공격을 다음 달 잡지에 자세히 다루면 어떻겠나?"

윤일랑이 나직하게 말했다.

"괜찮은 생각이군. 발행인하고 의논해 보지. 헌데, 자네 소설은 어찌 돼 가나?"

"이런……, 갑자기 소설은 또……."

윤일랑은 어물거리며 슬그머니 고개를 돌렸다.

"이런 일에 열을 내는 것도 좋지만, 어서 소설을 쓰란 말일세. 독립군은 총을 들고 소설가는 펜을 들어야지. 소설가가 독립운동에 참여하는 길이 그것밖에 또 있나?"

"허, 이 사람 참 은근히 사람 잡는다니까. 알겠어, 쓰긴 써야지."

윤일랑은 괴로운 듯 눈을 질끈 감았다.

"안녕들 하세요?"

거침없는 여자 목소리가 들렸다. 문을 열고 들어선 사람은 박정애였다.

"어서 오시오."

송중원이 희미하게 웃음지었고,

"아, 여장부께서 납시는구만."

윤일랑이 손을 들어 보였다.

"말씀 삼가세요. 숙녀보고 여장부가 뭐예요. 내가 뭐 칼이라도 차고 다니나요?"

박정애는 윤일랑에게 째지라고 눈을 흘기며 의자에 앉았다.

"오해 마시오, 여장부는 경칭인데. 아무나 그런 존경을 받는 줄 아시오?"

마르고 선한 인상이면서도 눈이 날카로운 윤일랑이 묘한 웃음을 피웠다.

"이보세요 윤 선생, 댁하곤 용건 없으니까 그만 입 다무시는 게 어때요?"

박정애의 거침없는 독설이었다.

"이거 농담하다 쌈 나겠소, 손아랫사람들 앞에서."

송중원이 나직하게 말하며 윤일랑에게 눈짓을 했다.

"이번에 새 연극을 올리기로 했어요. 잡지에 소개 좀 해 주세요."

박정애는 손가방에서 팸플릿을 꺼내 송중원에게 내밀었다.

"제기랄, 로미오와 줄리엣! 창조좌라는 이름이 싸다. 차라리 모작좌나 번역좌로 바꾸지그래."

어느새 제목을 읽었는지 윤일랑이 내뱉었다. 저쪽에서 직원들

킥킥거리는 소리가 들렸다.

"윤일랑 씨! 이럴 거예요, 정말?"

박정애가 바락 소리 질렀다.

"내가 못 할 말 했소? 이름이 창조좌면 당당하게 창작극을 하라 그거요. 독립군은 압록강을 건너 싸우고, 굶주린 사람들은 만주로 집단이민을 떠나는 이 절박한 때에 서양 놈들 사랑 타령이나 읊어서 뭘 어쩌자는 거요?"

윤일랑은 박정애에게 칼을 휘둘렀다. 눈에 잔뜩 힘을 준 그의 태도는 장난기 섞인 아까와는 달랐다.

"누군 창작극을 할 줄 몰라서 안 하는 줄 아세요? 창작극을 할래도 작품이 있어야 하지요. 잘난 척 말고 윤일랑 씨가 당장 희곡을 써 봐요. 얼마든지 창작극을 할 테니까요."

박정애도 마주 칼을 휘둘렀다.

"됐소, 그만들 하시오. 그만하면 충분하니까."

윤일랑의 입심이나 박정애의 독설을 잘 아는 송중원이 입씨름을 가로막고 나섰다.

다음 날《동아일보》호외가 또 나왔다. '보천보 습격 속보'라는 제목 아래 독립군과 추격하던 경찰이 충돌해서 양쪽에 사상자 70여 명이 생겼다는 것이었다. 그 사건은 서울을 뒤흔들었고, 그 소식은 전국으로 퍼졌다.

송중원은 여러 신문의 기사를 비교하며 사장 민동환이 나오기를 기다렸다. 기사들은 비슷비슷한 게 통제된 냄새가 풍겼다. 그런 냄새가 짙을수록 보천보 진공을 구체적이고 실감나게 다루어 보고 싶었다.

사장은 11시가 다 되어 나왔다. 이상하게 요즘 들어 출근은 자꾸 늦어지고 퇴근은 빨라지고 있었다.

송중원은 신문들을 가지고 사장실로 들어갔다.

"보천보 사건 읽어 보셨습니까?"

송중원은 민동환 앞으로 신문들을 밀어 놓았다.

"예, 읽었습니다."

민동환이 담배에 불을 붙였다.

"신문에는 감춰진 게 많은데, 이번 호에 그 진상을 자세히 다루면 어떨까 합니다."

"그럴 만한 가치가 있겠습니까? 그거 일시적인 불장난 아니겠어요?"

"크게 다룰 만한 의미가 있습니다. 만주사변으로 지식인들은 물론이고 사회 전체가 위축된 상황에서 독립군이 압록강을 건너 진공했다는 것은 조선 사람 모두에게 큰 활력이……."

"그 반대도 생각해 봐야 되지 않겠습니까?"

민동환은 말을 자르며 웃음을 흘렸다.

"그 반대요……?"

송중원이 말뜻을 못 알아들어 되묻는 게 아니었다. 말을 중단 당한 불쾌감이 솟으면서 순간적으로 생각이 멎는 듯했다.

"총독부 말입니다. 그게 정치적인 문젠데 취재하느라 고생만 하고 결국 싣지 못하게 될 것 아닙니까?"

"……그럴 염려도 없지는 않지요."

"그보다는 재미있는 연애소설을 연재하는 게 어떻겠습니까? 우리 잡지가 너무 딱딱하고 재미없다고들 하는데, 좀 바꿀 필요가 있지 않겠습니까? 잡지를 읽는 건 독자들이니까요."

"예에……."

전혀 예상치 못한 말이었다. 송중원은 그 충격에 머리가 띵했다.

"그리고 입장이 난처하시겠지만, 문인들 원고료를 미리 주지 않았으면 합니다. 외상술 주면 돈 잃고 손님 잃는단 말 있지 않습니까?"

"예에……."

송중원은 자리에 돌아와 두 손으로 머리를 받쳤다. 머리가 어질어질했다. 무시당한 것 같기도 하고 추궁을 당한 것 같기도 했다. 연애소설 운운하며 편집권을 간섭한 것은 분명 무시였고, 원고료 얘기는 잡지사 경영을 어렵게 만들었다는 책임 추궁이었다.

사장은 처음 일을 시작할 때 편집권은 완전히 맡긴다고 약속했고, 잡지의 적자는 걱정 말라고 장담했다. 그 때문에 동생의 친구라는 거북한 입장도 견디기로 했던 것이다.

송중원은 그 일 때문에 며칠 동안 일손을 잡지 못했다. 그러다가 쪽지를 받았다.

좋은 안주를 장만했습니다. 술 드시러 오세요. 설죽.

허탁의 연락이었다. 송중원은 퇴근을 기다려 부랴부랴 자하문 밖으로 갔다. 허름하고 조그마한 기와집에서 허탁은 설죽과 함께 있다가 송중원을 맞았다.

"이런, 팔자 늘어졌군."

송중원은 허탁과 악수를 하며 설죽에게 눈인사를 보냈다. 젊음은 사위었으나 모란꽃 자태를 지닌 설죽도 스스럼없이 웃었다.

설죽은 술장사로 번 돈을 허탁의 활동비로 대고 있었다. 이 집을 장만한 것도 허탁을 돕기 위해서였다. 송중원은 고맙고 대견한 마음으로 다시금 설죽을 바라보았다.

사회주의자들마저 변절하고 전향하기에 바쁜 세상이었다. 카프(조선프롤레타리아예술가동맹)에 속해 있던 문인들마저 카프가 해체당한 뒤에 버젓이 친일 잡지에 자리 잡고 있었다. 그런데 설죽은 변함없이 외로운 사회주의자를 뒷바라지하고 있었다.

"무슨 일 있나? 얼굴빛이 안 좋은데."

허탁의 눈길이 송중원을 스쳐 갔다.

"아니, 별일 없네."

송중원은 그저 고개를 저었지만 가슴이 뜨끔했다. 허탁의 빠른 눈치는 여전했다.

"자네 요샌 어디 있나?"

꼬리를 잡히지 않으려고 송중원이 먼저 입을 열었다.

"응, 왕십리 밖 기와 공장에."

"기와 공장?"

"왜놈들이 기와 공장 노동자들한테까지는 눈을 못 돌리고 있단 말씀이야."

허탁은 통쾌하다는 듯 어깨를 들썩이며 웃었다.

설죽이 곧 밥상 겸 술상을 가지고 들어왔다.

"요새 장안이 떠들썩하더군."

허탁이 송중원에게 술잔을 권하며 말했다.

"보천보 진공 말인가?"

"진공, 그 말이 기습보다는 낫군그래. 그거 왜놈들 뒤통수를 친 아주 장쾌한 일이야."

"술자리에서도 온통 그 얘기들뿐이에요. 검사들도 좀 놀란 모양이고 기분 나빠하더라니까요."

설죽이 굴비 뼈를 발라내면서 거들었다.

"동생은 여태 아무 소식 없나?"

허탁이 단숨에 술을 들이켜고는 술잔을 송중원에게 넘겼다.

"폐병쟁이한테 자꾸 술을 주면 어떡하나?"

송중원은 손을 젓고는, "소식 전할 녀석이 아니지. 아버지를 많이 닮았으니까."라며 쓸쓸히 웃었다.

"내가 자넬 보자고 한 건 한 가지 부탁이 있어서네."

술기운 불콰해진 허탁이 앉음새를 고치며 말했다.

"……?"

송중원은 허탁을 건너다보았다.

"내 큰아들 놈이 이번에 고보를 졸업했네. 다른 재주는 없고 책읽기는 즐기는데, 자네가 어디 취직 좀 시켜 주게나."

다른 말을 할 때와 달리 허탁의 얼굴은 곤혹스러워 보였다.

"아니 이 사람아, 대학을 보내야지."

반사적으로 나온 이 말이 끝나기 전에 송중원은 후회했다. 대학을 보내고 싶지 않아 안 보내는 것이 아니었던 것이다.

"대학 나와 봐야 별수 있는 세상인가? 그만하면 많이 가르친 거네. 어떤가, 책임질 수 있지?"

허탁의 목소리가 호탕하게 울렸다. 그러나 그건 호탕을 가장한 것일 뿐이었다.

"그래, 내 알아서 하지."

송중원은 술잔을 들며 고개를 끄덕였다. 허탁이 쫓기는 몸이 된 이후로 그의 집안에 전혀 신경을 쓰지 않은 것이 뒤늦은 죄의식이 되고 있었다.

13

압록강의 밤

"언니, 빨간 꽃만 따, 빨간 꽃."

"왜?"

"그래야 빨간 물이 진허게 들제."

"요런 멍청이, 다 똑같은 것이여."

"아니여, 흰 꽃 노란 꽃은 따지 말어."

"흰 꽃도 똑같이 빨간 물이 든당게."

"그래도 싫어. 덜 진헝게."

금님이와 금예는 봉숭아 꽃을 따면서 토닥거리고 있었다.

"아직 꽃이 덜 여물었는디 벌써 물을 들일라고 그러냐?"

보름이는 가게에서 마루로 나오며 무심히 말했다. 그 순간 보름이는 어머니 냄새를 물큰 맡았다. 그건 어머니가 딸들에게 하던 말이었다.

"끝 손가락 두 개에만 들여. 더 많이 들이면 야허고 천헝게."

보름이는 딸들에게 이르고 가게로 돌아섰다.

"백반 넣소, 백반."

"고건 나중에 넣는겨."

"아니여, 첨부터 넣어야 혀."

금님이하고 금예는 또 다툼질을 하며 길고 동그란 돌로 봉숭아 꽃들을 콩콩 찧고 있었다.

"웩! 우웩, 우웩!"

봉숭아 꽃을 찧던 금님이가 갑자기 입을 가리며 토악질을 했다.

"언니, 어찌 이려, 언니!"

"나 죽겄다, 엄니를……, 우웨엑, 웩!"

금님이는 동생을 붙들고 토악질을 했다. 그러나 넘어오는 것은 아무것도 없었다.

"엄니! 언니 죽네, 언니 죽어!"

금예는 마구 소리치며 마루로 뛰어올랐다.

"무, 무슨 소리여!"

보름이가 허둥지둥 마루로 나왔다.

"우웩, 웩! 우웨엑……."

맨발인 채로 마당으로 뛰어내린 보름이는 땅에 주저앉은 큰딸을 붙들었다.

"아이고 이것아, 애썼다, 애!"

보름이의 목소리가 활짝 밝아지며 딸을 끌어안았다.

"뭣이라고라? 엄니, 나 몰라라."

금님이가 깜짝 놀라 어머니 어깨에 머리를 부렸다.

"아서, 얼른 일어나거라. 여름 땅이라도 땅 냉기는 몸에 안 좋다."

보름이는 딸을 일으키며 가슴 먹먹한 울음이 복받쳤다. 그건 기쁨이면서도 서러움이었다. 기구하게 태어나 애비를 모르고 큰 것이 아이까지 갖게 된 것이었다.

"바로 강 서방헌티 알리고, 일이고 먹는 것이고 가려 가면서 몸 간수 잘혀."

보름이는 딸의 손을 꼬옥 잡으며 어쩔 수 없이 또 세키야의 얼굴이 떠올랐다. 정이나 그리움이라고는 한 오라기도 없이 섬뜩한 징그러움과 서늘한 무서움만 남겨 놓은 사람이었다. 그는 언제인지 모르게 일본으로 떠났다. 바라지는 않았지만 그는 떠나면서도 얼굴 한번 비치지 않았다. 모질고 야박한 사람이었다. 아니, 그 편이 오히려 더 나았다. 금님이나 금예는 아버지가 일찍 세상을 뜬 줄 알고 있었다.

　애비 없는 자식을 키운 죄는 금님이의 혼기가 차면서 더 가슴

아리게 사무쳤다. 중매가 되다가도 과부 자식이라는 게 알려지면 그만 이야기가 끊어지고는 했다. 그래서 홀어머니를 모시고 사는 철공소 직공과 겨우 인연을 맺게 되었다. 그나마 밥벌이 되는 기술이 있고 사람이 믿음직스러워 금님이가 복 받았다 싶었다. 가까이 살게 된 것도 다행이었다. 그런데 고맙게도 혼인한 지 반년 만에 아이까지 선 것이었다.

그러나 정작 아들 삼봉이가 여지껏 장가를 안 가 걱정이었다.

"요새 세상에 장가 일찍 드는 것은 웃음거리구만이라. 돈 더 벌어 갖고 갈랑게 걱정 마시게라우."

혼인 말만 비치면 삼봉이는 이런 말로 얼렁뚱땅 넘기고는 했다. 그러나 삼봉이는 돈을 더 벌려고 장가를 미루는 게 아니었다. 무언가 남모르는 일에 마음을 쏟느라 장가들 생각을 하지 않는 게 분명했다. 그 일이 무엇인지 어림잡고 있기는 했지만 묻지는 않았다. 묻는다고 사실대로 대답하지도 않을 테고, 또 아는 것이 두렵기도 했다.

어느 날, 밤늦게 삼봉이가 집으로 뛰어들었다.

"난리 났소, 엄니. 잡히면 다 죽응게 얼른 피해야 허요!"

"무슨 일인디 우리가 다 죽어야?"

"아, 말헐 새 없당게라."

"이, 이 점방은 어쩌고?"

"금님이헌티 맡겨야제라."

"금님이라고 안 당허겄냐?"

"금님이는 출가외인 아니오."

"가면 어디로 간다냐?"

"우선 포교당으로 가야제라. 공허 스님을 만나야 헝게."

보름이는 허둥지둥 금예를 깨우고, 돈을 챙겼다.

세 식구는 밤길을 줄기차게 걸어 새벽녘에 포교당에 당도했다.

"아니, 요것이 어쩐 일이여?"

마당을 쓸고 있던 손판석이 그들을 맞았다.

"공허 스님 계신게라?"

오삼봉은 인사치레도 못 하고 불쑥 물었다.

"그분이야 안 계시제. 무슨 일 났능가?"

"야아, 생사가 걸린 일이구만요."

"그럼 얼른 따라오소."

손판석이 다리를 절룩이며 후적후적 걸었다. 법당에서는 목탁
소리와 함께 독경 소리가 청아하게 울리고 있었다.

"스님, 군산에서 보름 보살이……."

손판석은 법당 앞에서 목청을 돋우었다.

목탁 소리와 독경 소리가 그치더니 법당 문이 열리고 붉은 가
사를 걸친 운봉이 모습을 드러냈다. 운봉이 요사채로 가자고 손

짓했다.

"……한 동지가 일을 실패허면서 꼬리가 잡혀 체포되고 말았구만요. 고문이 지독스러워 끝까지 비밀을 지키기 어려울 것이고, 그리되면……."

오삼봉은 비밀 조직을 만들어 그동안 활동한 이야기를 간략하게 들려주었다.

"당장 피해야겠구만요. 자세한 것은 공허 스님을 만나 의논드리고, 우선 여기를 뜨십시다. 가까이에 눈이 많아서 여기도 안심 못허는구만요."

운봉은 주저 없이 결단을 내렸다.

포교당을 나선 그들은 하루 종일 산길을 걸어 해 질 녘에 산사에 도착했다. 지난날 송수익이 피신해 있던 절이었다.

"여기는 안전형게 공허 스님 오실 때까지 맘 놓고 푹 쉬시게라. 포교당 오래 비우면 의심 살지 모르니 소승은 이 길로 가야겠구만요."

운봉은 물 한 바가지를 들이켜고는 바람이듯 빠르게 떠났다.

공허 스님은 열흘이 넘도록 오지 않았다. 오삼봉이 초조해하는 가운데 열이틀 만에 운봉 스님한테서 연락이 왔다. 조직이 모두 드러나 경찰이 본격적인 수사에 나섰다는 것이었다.

오삼봉은 운봉 스님에게 연락해서 다른 동지들의 피신처가 안

전하지 못하면 절로 데려와 달라고 부탁했다.

공허 스님은 보름에서 사흘이 더 지나서야 모습을 드러냈다.

"운봉헌티 얘기 다 들었다. 니가 그리 사내 노릇 톡톡히 해내고. 장허다, 장혀."

공허는 목소리만큼 뜨겁게 오삼봉의 등을 두들겼다. 그런 공허의 얼굴은 나이를 짐작할 수 없도록 혈색 좋고 활기차 보였다. 그러나 그도 어느덧 지천명의 나이였다.

"그려, 인제 어쩔 작정이냐?"

자리를 잡고 앉은 공허가 침착하게 물었다.

"여기서는 더 활동헐 수가 없으니 만주로 갔으면 허는디요. 외삼춘도 계시고 형게……."

"식구들도 다 함께 말이냐?"

공허의 눈길이 보름이 모녀를 빠르게 훑었다.

"그것은 어째야 좋을지 아직……."

"시방 만주는 싸움터라 사람이 살 만허지 않다. 독립군허고 동포들의 연관을 끊을라고 왜놈들이 집단부락을 만들어서 사람들을 몰아넣는디, 고것이 감옥이나 다름없다. 그러니 엄니허고 동생은 여기 남고 니 혼자 가야 헐 거이다. 어쩔라냐?"

공허가 오삼봉과 보름이를 번갈아 바라보았다.

오삼봉은 어머니에게 눈길을 돌렸다. 보름이는 축축한 눈길로 아들을 바라보며 고개를 끄덕였다.

"스님 말씀대로 허겄구만요."

오삼봉이 고개를 숙여 보이며 대답했다.

"그려, 엄니허고 동생은 걱정 말거라. 허고, 운봉이 시방 느그 동지들 일을 추스르고 있응게 니는 그사이에 밥 많이 먹고 기운 이나 모아 놔라."

공허는 장삼 자락을 내치며 일어났다.

공허는 엿새 만에 한 청년과 함께 돌아왔다. 그 청년은 오삼봉 의 동지 배영범이었다.

"우리가 한발 늦은 것이여."

공허의 이 한마디에서 오삼봉은 모든 형편을 알아차렸다. 다른 두 동지는 체포되었다는 뜻이었다. 다섯 중에서 세 사람은 체포 되었고 혈청단은 사라진 것이었다.

"그 사람이 실토헐지는 몰랐는디."

단둘이 되자 배영범이 얼굴을 찌푸렸다.

"잊어, 왜놈들 고문이 그리 만든 것잉게."

오삼봉은 배영범의 등을 어루만졌다.

저녁을 먹고 나서 공허는 두 사람을 불러 앉혔다.

"요것은 인삼이여. 포목 장수가 되면 돈은 덜 들지만 짐이 커서 움직이기 힘들제. 인삼은 돈은 많이 들어도 짐이 작아 움직이기

좋고, 뇌물이나 노자로 써먹기 좋고, 아주 금상첨화여. 조선 인삼
이라면 중국 놈들이 환장을 허고, 왜병 놈들도 사족을 못 쓰는
구만. 왜놈들헌티 한두 뿌리 살짝 내밀면 어디서고 무사통과여.
인제부터 자네들은 인삼 장수여."

바랑에서 인삼을 꺼내며 공허가 한 말이었다.

다음 날 아침 일찍 그들은 길을 나섰다.

"엄니, 건강허셔야 허요 이."

오삼봉은 어머니의 손을 잡았다. 그 눈자위에 붉은 경련이 일
고 있었다.

"그려, 에미 걱정 말고 니나……, 니나……."

울음으로 보름이의 목이 막혔다.

"금예야, 엄니 잘 모시고……."

오삼봉은 여동생의 어깨를 다독거렸다.

"오빠……!"

금예는 고개를 떨구며 옷고름 끝을 눈으로 가져갔다.

"엄니, 그럼……."

오삼봉은 허리를 깊이 구부렸다.

"그려, 그려……."

보름이는 왼손으로 입을 가리며 오른손으로 어서 가라는 손짓
을 했다.

세 사람은 사흘 동안 산길을 타고 대전까지 걸었다. 전주, 이리는 물론이고 논산까지 기차역은 위험했다. 경찰에서 역마다 오삼봉과 배영범의 얼굴을 아는 사람들을 끌어다 놓고 잠복해 있는지도 모를 일이었다.

대전역에서 기차를 탄 세 사람은 신의주에서 내렸다.

"여기서 돌아가는 형편을 좀 알아보드라고. 요새 사정이 시끌시끌헝게."

공허의 말이었다. 중국과 전쟁이 벌어져 국경 조사가 더 심해졌을 테고, 변장을 하느라고 했지만 철도 경호대의 눈을 속일 수 있을지 불안했다. 두 사람 다 젊어 의심받기 딱 좋았다.

공허의 예상대로 철도 경호대의 조사는 말도 못 하게 심해져 있었다.

"기차로는 안 되겠구만. 배를 타야제."

공허가 내린 결정이었다.

세 사람은 용암포로 갔다. 압록강을 오르내리는 배들이 모이는 용암포에는 강을 건너 주는 나룻배가 섞여 있었다.

공허는 이틀 만에 배를 구했다. 배에는 세 사람만 타기로 했다. 다른 사람들이 탈 경우 그들 속에 누가 섞여 있을지 몰랐던 것이다.

"시방 저쪽은 어떠요? 심허게 지킨다는디."

공허가 돈을 지불하기 전에 사공에게 물었다.

"안심하시오. 그래도 빈 구멍은 다 있으니까."

자정이 가까워 배에 올랐다. 배는 어둠 속을 헤집기 시작했다.

깊은 밤의 적막 속에 보이는 것은 아무것도 없고, 뱃전에 부딪는 물결 소리만 가녀리게 들렸다.

'아아, 마침내 압록강을 건너는구나……!'

오삼봉은 이루 말할 수 없는 감회에 휘감겼다. 고보에 다닐 때만 해도 압록강을 건너 만주에서 독립 투쟁을 하는 사람들은 특별난 사람들이라고 생각했다. 그런데 이제 자신이 압록강을 건너고 있었다. 꼭 꿈만 같은 일이었다.

배가 강가에 가까워졌다.

"어서어서 내리시오."

배를 붙든 사공이 재촉했다.

그들은 빠르게 배에서 뛰어내렸다. 그때였다. 갑자기 불빛이 번쩍하며 외침이 터졌다.

"꼼짝 말고 손들엇!"

"아이고, 배를 잘못 댔나."

사공이 다급하게 쏟아 낸 말이었다.

그러나 그때는 이미 총을 겨눈 일본군 두 명이 버티고 서 있었다.

"나무아미타불 관세음보살……."

공허가 태연하게 합장하며 두 군인 앞으로 다가섰다. 다음 순
간 공허는 한 군인이 들고 있는 손전등을 걸어차며 외쳤다.

"내빼! 산으로 내빼!"

오삼봉과 배영범은 후닥닥 튀기 시작했다.

탕! 탕, 탕!

"으윽, 윽!"

공허는 총 맞은 가슴을 싸잡고 비틀거렸다. 그는 비틀거리면서
도 일본군에게 덤벼들고 있었다. 그의 머릿속에는 일본군들을 되
도록 오래 붙들고 있어야 한다는 생각뿐이었다.

탕! 탕!

공허는 넘어질 듯하다가 다시 군인들에게 덤벼들었다.

탕! 탕!

마침내 공허는 땅바닥에 철퍽 엎어지고 말았다.

14

20만 명을 실은 유형 열차

"신부가 어째 저렇게 생겼나?"

"그래, 신랑만 못하지?"

"그렇게 말하지 마. 시집가는 날 예쁘지 않은 신부 없다는 말도 몰라."

여자들이 끼리끼리 수군거리는 동안 결혼식이 끝났다.

윤철훈은 신랑 같지 않게 덤덤한 얼굴이었다. 못생겼다고 입길에 오른 신부는 예쁘지는 않았지만 여자들이 입방아를 찧을 만큼 못난 인물도 아니었다. 그런데 여자가 풍기는 인상은 어딘가 남달랐다. 배운 게 많아서 그런지 도도한 것도 같고 차가운 느낌이기도 했다.

"오빠, 축하드려요."

윤선숙이 웃으며 윤철훈 앞으로 다가섰다.

"축하는 무슨, 쑥스럽게."

윤철훈이 정말 쑥스럽게 웃었다.

"늦장가 축하하네."

옆에 섰던 조강섭이 손을 내밀었다.

"모르겠네. 축하받아야 되는 건지."

조강섭과 악수를 나누며 윤철훈은 쓴 것도 아니고 떫은 것도 아닌 웃음을 피워 냈다. 그러고는 다른 사람들의 인사를 받으며 신부와 함께 식장 밖으로 나갔다.

이튿날 아침, 윤철훈과 조강섭 내외가 마주 앉았다.

"나 곧 딴 데로 옮겨 갈 것 같네."

윤철훈은 담배를 빼 들며 말했다.

"딴 데?"

"어디로요?"

조강섭과 윤선숙의 말이 겹쳤다.

"뭐, 놀랄 건 없고. 어딘지는 아직 잘 모르겠네."

"그럼, 나쁜 쪽은 아니에요?"

윤선숙이 다그쳐 물었다. 조강섭과 윤선숙은 직감적으로 숙청을 떠올렸던 것이다. 그동안 숙청의 회오리에 말려 종적을 감춘 조선 사람 당원들이 적잖았다.

"나쁜 쪽이면 미리 알 리가 있나?"

윤철훈은 가볍게 웃어 보였다.

"휴우, 간 떨어지겠어요."

윤선숙이 손으로 가슴을 눌렀다.

"저런, 너무 긴장들 하고 사는구나. 그럴 거 없어. 정치 행위를 하고 사는 것도 아닌데."

윤철훈은 손윗사람답게 말했다. 그러나 속마음은 착잡하기만 했다. 스탈린 정권을 강화하기 위해 내부 숙청도 어지럽게 일어나는 데다, 일본이 중국과 전쟁을 일으키자 곧바로 그 위협이 연해주까지 미쳤다. 자신이 장춘 침투 명령을 받은 것도 중일전쟁 때문이고, 서둘러 결혼을 한 것도 위장을 위해서였다. 그러나 그 사실은 여동생과 조강섭한테도 감출 수밖에 없었다. 기밀이기 때문만이 아니었다. 그런 것이야말로 알면 병이고 모르면 약이었다.

"오빠, 혹시…… 그 소문 들었어요?"

윤선숙이 조심스레 물었다.

"소문?"

되묻는 윤철훈의 표정은 소문을 모르고 있는 것 같았다.

"못 들으신 모양이지요? 조선 사람들을 중앙아시아로 이주시킬 거라는데……."

윤선숙의 얼굴에 실망의 빛이 드러났다.

'뭐라고? 중앙아시아!'

윤철훈은 순간 충격을 받았다.

"새로 시작할 일을 준비하느라 몇 달을 갇혀 지내다시피 해서 무슨 일인지 모르겠다. 자세히 얘기해 봐라."

"연해주에 사는 조선 사람을 모조리 중앙아시아로 이주시킬 거라는 소문이 파다해요."

"그렇다면 집단 강제 이주인데, 그건 보통 문제가 아니지."

윤철훈의 태도에 거부감이 드러났다.

"만약 그렇다면 우리도 무슨 대책을 세워야 하지 않겠나?"

조강섭의 목소리가 열기를 띠었다.

"아니야, 내가 먼저 사실인지 알아보겠네. 섣불리 행동해선 안 될 문제네. 그게 사실이라면 지방당이 아니라 당 중앙의 결정일 테니까."

윤철훈이 괴로운 눈길로 조강섭을 바라보았다.

여동생 내외가 육성촌으로 돌아가고, 윤철훈은 그 일을 알아보고 어쩌고 할 틈이 없어지고 말았다. 이삼 일 동안 짐을 챙겨 국경 지역으로 떠나야 했던 것이다.

"요새 뭘 그리 생각하세요?"

기차 안에서 아내 차은심이 빤히 보았다.

"뭐, 별거 아니오."

윤철훈은 그 눈길을 피해 버렸다.

"별거 아니긴요. 요새 계속 기분이 안 좋아 보이는데, 우리 일이 잘못되고 있나요?"

차은심은 더 의심스러운 눈초리였다.

"그건 아니고……, 조선 사람을 모두 중앙아시아로 이주시킨다는 소문 못 들었소?"

쓸데없는 오해를 살까 봐 윤철훈은 사실 그대로 털어놓았다.

"못 들었어요. 그런 소문이 있어요?"

차은심도 놀란 얼굴이었다. 아내도 자신과 마찬가지로 훈련을 받느라고 몇 달 동안 고립되어 있었으니 놀라는 게 당연했다.

"아닐 거예요. 스탈린 동지가 우리 조선족을 그렇게 함부로 취급할 리 없어요. 스탈린 동지는 우리 조선족이 소련 혁명을 위해 세운 공을 잘 알고 있어요. 절대 그럴 리 없어요."

차은심은 '스탈린 동지'를 되뇌며 고개를 저었다. 첩보원으로 뽑힐 만한 열성 당원의 모습 그대로였다.

"제발 헛소문이면 좋겠소."

윤철훈은 등받이에 몸을 기대며 눈을 감아 버렸다.

조강섭은 윤철훈을 만나고 돌아온 지 보름이 못 되어 중앙아시아 이주 명령을 받았다. 출발까지 이틀의 여유밖에 없었다.

"이 일을 어쩌면 좋아요? 왜 오빠한테서는 여태 연락이 없지요?"

윤선숙은 허둥거렸다.

"연락이 온들 무슨 소용이오. 조선 사람은 단 한 명도 안 빼놓고 모조리 보낸다는데."

조강섭의 말은 시베리아의 혹한처럼 차가웠다.

"아유, 이게 정말 무슨 미친 짓이에요."

윤선숙이 발을 구르며 울먹거렸다.

이틀 뒤, 크고 작은 짐을 이고 진 육성촌 사람들은 군인들을 따라 우수리스크로 향했다. 영락없는 피난민 행렬이었다.

조강섭 일가족도 그 행렬에 끼어 있었다. 다리가 불편한 조강섭이 진 짐은 다른 남자들의 절반 크기였다. 그는 일곱 살짜리 큰아들 주환이의 손을 잡고 있었다. 주환이가 멘 가방도 빵빵했다. 윤선숙도 짐을 지고 다섯 살 먹은 딸 명혜의 손을 잡고 있었다. 두 살배기 작은아들 경환이는 할머니가 업고 있었다.

우수리스크역에는 기차가 그들을 기다리고 있었다. 그들은 역에 있던 군인들에게 넘겨졌다. 플랫폼 한쪽으로는 다른 지역에서 온 사람들이 모여 있었다.

"다들 똑똑히 들어라. 가족 단위로 한 칸에 40명씩 탄다. 군인들이 지시하는 대로 질서를 잘 지켜라. 질서를 어지럽히는 자는 즉각 처벌한다."

군 지휘관의 말이었다.

"빨리빨리 올라가!"

군인들이 총을 겨눠 가며 사람들을 태웠다. 그런데 그들을 몰아넣고 있는 건 객차가 아닌 시커먼 화물차였다.

"아니, 이놈들이 사람을 물건 취급하다니……!"

조강섭이 입을 앙다물었다.

"누가 듣겠어요."

윤선숙이 몸이 달아 남편의 팔을 흔들었다.

화물차의 사방 벽은 널빤지를 가로질러 막아 놓았고, 바닥에도 널빤지가 깔려 있었다. 두 개의 출입문은 화물차의 양쪽 가운데 부분에서 맞바라보고 있었고, 그 문 양쪽 벽을 따라 2층 나무선반이 설치되어 있었다. 그게 침상이었다. 그 침상 한 층에 열 명씩이 배정되었다.

양쪽 침상 사이로 좁은 통로가 나 있고, 그나마 남은 공간은 출입문 앞이었다. 그곳에 드럼통으로 만든 난로가 덩그러니 놓여 있었다.

덜커덩, 덜컹…….

쇳소리와 함께 기차가 움직이기 시작했다.

"저어 선생님, 좀 드릴 말씀이 있어서……."

한 남자가 조강섭 옆으로 다가섰다.

"예, 무슨 말씀이신지……."

조강섭은 고개를 들었다.

"저희들이 여쭤 볼 말씀도 있고 해서……."

그 남자가 난로 쪽을 가리켰다. 난롯가에는 세 남자가 서 있었다. 조강섭은 그때서야 이 화물차에 다섯 가구가 탔다는 것을 알았다.

"예, 가십시다."

조강섭은 선생으로서 민망했다. 한 식구나 다름없이 된 처지에서 그들이 먼저 예의를 갖추고 나선 것이었다.

"저희야 선생님을 알지만 선생님께서 저희를 모르시니 인사부터 올리지요. 저는 김두만이라 합니다."

마흔댓쯤 돼 보이는 그 남자가 먼저 인사했다.

"저는 도갑수라고 합니다."

그 옆의 주먹코 남자가 고개를 꾸뻑했다.

"저는 이기철입니다."

러시아식 콧수염을 기른 남자가 빙긋 웃으며 인사했다.

"저는 김두태로, 두만이 형님하고 사촌입니다."

양쪽 턱뼈가 불거진 남자가 인사했다.

"아 예, 저는 조강섭이라고 합니다. 반갑습니다."

"저희는 같은 콜호즈에서 농사를 짓던 농사꾼인데, 무식해서 세상 돌아가는 걸 알아야지요. 이번 일만 해도 우리가 왜 느닷없이 이 꼴을 당해야 하는지, 어디로 끌려가는지 통 알 수가 있어야지요. 선생님께서 속 시원하게 좀 가르쳐 주십시오."

김두만의 말이었다.

조강섭은 곤혹스럽기 짝이 없었다.

"이거 참 저도 아는 게 없으니 면목 없습니다. 이 일이 갑자기 시행된 걸로 봐서 그동안 비밀에 부쳤던 것 같습니다. 이 열차에 관공서에 근무하던 조선 사람도 더러 타고 있을 겁니다. 앞으로 그런 사람을 찾아 내막을 알아보는 게 어떨까 합니다."

조강섭의 말에 모두 고개를 끄덕였다.

기차는 줄기차게 달렸고, 널빤지 사이사이로 새어 들던 햇살이 자취를 감추면서 화물차 안이 어둠침침해졌다.

"엄마, 나 오줌 마려워."

어떤 사내아이의 말에 여자는 아들을 데리고 여기저기 살피고 다녔다. 그러나 화물차 어디에도 변소로 쓸 만한 칸막이는 보이지 않았다.

"아니, 이걸 어쩌면 좋으냐?"

여자가 울상이 되었다.

"엄마, 나 오줌 싸겠어!"

두 손으로 사타구니를 거머잡은 아이가 소리쳤다.

"여보, 이리 나와서 저 문 좀 열어 봐요. 애가 오줌 싸겠다는데."

여자가 빽 소리 질렀다.

콧수염 이기철이 침상에서 나와 출입문을 열려고 했다. 그러나 문은 꼼짝도 하지 않았다. 반대쪽 문으로 가서 힘을 써 보았지만 역시 문은 열리지 않았다.

"엄마……, 나 오줌……."

사내아이가 삐이익 울음을 터뜨렸다. 오줌을 옷에 싸고 만 것이었다.

"이런 떡을 칠 놈들, 문은 왜 잠가, 문은!"

이기철은 출입문을 마구 걷어찼다.

"엄마, 나 배고파."

어떤 계집아이의 칭얼거림이었다.

그 소리는 금방 다른 아이들에게로 전염되었다.

"엄마, 나도 배고파."

"엄마, 나 밥 줘."

그러나 기차는 멈출 기미라고는 없이 줄기차게 달리기만 했다.

"이 일을 어째야 좋아. 물이 있어야 밥을 하지."

"기차가 왜 이렇게 쉴 줄 모르고 내닫기만 하나."

여자들은 우왕좌왕하며 애타는 소리만 하고 있었다.

배고픔만 문제가 아니었다. 낮과 밤의 기온차가 심해지는 계절

이 이미 시작되어 밤 기온이 급격히 떨어지고 있었다. 벽과 바닥의 널빤지 틈새로 찬바람이 거침없이 몰려들었다.

"안 되겠어, 난로에 불을 피워야지."

어느 남자의 말이었다.

"나무가 있을까?"

"난로를 놓았으니 당연히 있겠지. 찾아보자고."

남자들이 나서서 침상 밑을 샅샅이 뒤졌지만 나무라고는 없었다.

"이런 죽일 놈들이 있나."

"이 자식들, 해도 너무하네."

남자들이 어둠 속에서 분노를 터뜨렸다.

사람들은 이불을 꺼내 아이들을 감쌌다. 배고픔에 지친 아이들은 이불을 뒤집어쓰고 잠이 들었다. 그러나 이불을 제대로 덮지 못한 어른들은 추위에 벌벌 떨며 잠을 이루지 못했다.

이상하게도 기차는 멈출 줄을 몰랐다. 이제 어른들도 소변 때문에 고통스러워했다.

"이런 때려죽일 놈들이 사람들 오줌보를 터트려 죽일 작정인가!"

한 남자가 거칠게 분통을 터뜨렸다.

얼마를 더 달리던 기차가 마침내 멈추었다. 남자들이 우르르 양쪽 문으로 몰려갔다.

"빨리 문 열어, 문!"

"다 죽는다. 문 빨리 열어!"

그들은 소리소리 지르며 문을 쾅쾅 치고 걷어차며 야단법석이었다.

곧 밖에서 문 따는 쇳소리가 났다. 그와 동시에 사람들이 문을 열어젖혔다. 그리고 와아! 소리치며 미친 것처럼 뛰어내리기 시작했다.

밖은 어슴푸레한 새벽이었다. 사람들은 모두 제정신이 아니었다. 남녀 가릴 것 없이 아무 데서나 소변을 보기 시작했다. 여자들의 그 부끄러운 모습을 새벽의 어스름이 겨우 가려 주고 있었다. 40여 칸의 화물차에서 쏟아져 나온 사람들은 엄청났다.

"물, 물을 떠야 해."

"나무, 나무도 구해야지."

소변을 본 사람들이 허둥거리며 하는 말이었다.

여자들은 물을 구하려고 크고 작은 그릇을 들고 허둥지둥 뛰기 시작했고, 남자들은 나무를 구하려고 이리저리 뛰었다. 역 구내는 삽시간에 전쟁터처럼 변하고 말았다.

기차는 두어 시간 머물렀다. 그사이에 사람들은 난로에 불을 피워 밥을 해 먹었다. 밥을 한술 뜬 조강섭은 옆 칸의 화물차로 갔다.

"여기 혹시 당원 안 계십니까?"

조강섭이 화물차 안에다 대고 외쳤다. 당원들을 찾아 함께 항의할 생각이었다.

네 번째 칸에서 두 사람을 찾아냈다.

"이렇게 당하기만 할 수는 없지 않습니까? 당원을 다 찾아내서 정식으로 항의하고 시정하게 합시다."

조강섭은 그들의 의견을 묻지 않고 이렇게 몰아붙였다.

"예, 우리도 그런 생각을 하던 참입니다."

두 사람은 반기며 동의했다.

세 사람은 화물차를 나누어 돌았다. 그러나 화물차를 다 돌기도 전에 기차가 출발하려고 뛔엑, 기적을 울렸다. 그때까지 확인한 당원은 모두 아홉 명이었다.

"나머지는 기차가 또 서면 확인하도록 하지요."

조강섭은 두 사람과 급히 헤어졌다.

기차는 또 달리기 시작했다. 조강섭은 침상 기둥에 몸을 부리며 눈을 감았다.

'하루가 갔구나. 오늘이 9월 17일……, 중앙아시아까지 앞으로 얼마나 걸릴까? 20일? 한 달? 하루 넘기기도 이렇게 힘든데 앞으로 어떻게 될까? 이따위 비인간적인 일을 저지르다니, 이 명령은 도대체 누가 내렸을까? 스탈린? 스탈린이 조선 사람에게 무슨 악감정이라도 있는 걸까? 어쨌거나 이대로 당할 수는 없지…….'

어둑발이 퍼질 무렵 기차가 다시 멈췄다.

밖으로 쏟아져 나온 수많은 사람들의 허둥거리는 모습은 아침이나 똑같았다. 남녀노소가 아무 데서나 용변을 보고, 물과 땔감을 구하려는 소동이 한바탕 벌어진 다음 조강섭은 두 사람과 다시 그 일에 나섰다. 40칸의 화물차를 다 확인해 보니 당원은 모두 12명이었다.

"오늘은 너무 늦었고, 내일 아침에 다시 의논합시다. 비밀 경찰이 알면 곤란하니까 비밀을 지킵시다."

조강섭은 일이 되어 가는 것에 만족스러워하며 그들과 헤어졌다.

밤새도록 달린 기차는 새벽녘에 어느 역엔가 멈춰 섰다. 기차가 출발하기 전에 당원 11명이 조강섭의 화물차인 16호로 모여들었다. 기차가 출발하자 회의를 시작했다.

"지금 이 열차에는 1,600명이 타고 있습니다. 그런데 우리가 왜 연해주를 떠나야 하는지, 어디로 실려 가는지 모를 뿐만 아니라 죄인보다 못한 취급을 받고 있습니다. 대체 우리 조선 사람이 소련에 무슨 잘못을 저질렀습니까? 저 두만강 변 핫산에서 블라디보스토크를 거쳐 북쪽 하바로프스크에 이르기까지 연해주의 황무지를 논밭으로 일구어 식량을 생산해 낸 것이 누구입니까? 바로 20여만 조선 사람입니다. 그뿐입니까? 우리는 우리 조국의 독립과 소비에트사회주의공화국연방을 건설하기 위해 적군과 함께 피 흘리며 싸웠습니다. 저도 그때 입은 부상으로 다리가 이렇게 되었습니다. 그런데 그런 공을 인정받기는커녕 지금 이 꼴이 되어 있습니다. 이는 분명 부당한 일이며, 이 부당함은 바로잡아야 합니다. 이 일을 할 사람들은 바로 우리 당원들입니다. 어떻게 하면 좋을지 의견을 말씀해 주십시오."

조강섭의 말에 모두들 숙연해져 있었다.

"옳은 말씀입니다. 우리가 당하고 있는 이 말도 안 되는 처우는 당장 시정을 요구해야 합니다. 그런데 저는 누가 이런 결정을 내렸는지 의문입니다. 아무리 생각해 보아도 스탈린 대원수 동지께서 이런 가혹한 결정을 내린 것 같지는 않습니다. 스탈린 동지께서는 우리 조선 사람들이 혁명을 위해 세운 공을 잘 알고 계시기 때문입니다."

"맞습니다. 전인민의 단결을 내세우는 스탈린 대원수 동지께서 우리 조선 사람들에게 이런 가혹한 결정을 내렸을 리 없습니다. 스탈린 동지께 긴급 시정 요청서를 보내야 합니다."

다른 당원들도 같은 생각이었다. 그래서 스탈린 앞으로 보내는 시정 요청서를 작성해서 이튿날 아침에 인솔 장교를 만나기로 결정했다.

자연히 요청서 작성은 조강섭의 차지가 되었고, 이튿날 아침 당원 12명은 화물차 중간에 끼어 있는 객차에 올랐다.

한참이 지나 밖에서 화물차들 문이 닫히고, 기차가 움직이기 시작했다.

"아니, 조 선생 안 오셨잖아요, 조 선생!"

당황한 윤선숙이 소리치며 문을 마구 두들겼다.

"어, 이거 이상하네. 무슨 일 생긴 거 아니야?"

김두만도 당황해서 동료들을 둘러보았다.

"일은 무슨 일, 이야기가 길어지는 거겠지."

도갑수가 미심쩍은 얼굴로 말했다.

"그래, 그게 한두 마디로 끝날 얘기가 아니지. 그 덕에 객차에서 편히 가시고 잘됐지."

김두태의 말이었다.

"응, 자네 말이 맞는 것 같은데."

김두만은 고개를 끄덕이고는, "윤 선생님, 조 선생님은 별일 없으실 것 같으니 마음 놓으시지요." 하며 윤선숙에게 깍듯이 예의를 차렸다.

"예, 알겠습니다."

윤선숙은 더 감정을 드러낼 수가 없었다. 그들의 말이 맞는 것도 같았던 것이다.

"별일 없을 게야. 걱정 말고 기다리자."

얼굴에 불안한 빛이 서린 시어머니의 말이었다.

"예, 어머님……"

그러나 윤선숙은 하루 종일 불안을 떼칠 수 없었다.

어스름 속에 기차가 멎자마자 윤선숙은 객차로 내달았다.

객차로 오르려는 윤선숙을 보초가 총으로 가로막았다.

"뭐요!"

"여기 있는 당원들 만나러 왔어요."

"당원? 그런 사람들 없소."

"있어요. 아침에 12명이 인솔 장교를 만나러 왔잖아요."

"아 그 사람들, 진작 그 지역 비밀 경찰에 넘겨졌소."

"뭐, 뭐라구요? 왜요?"

윤선숙은 현기증을 느끼며 부르짖었다.

"난 모르겠소, 졸병이라."

"비켜요, 인솔 장교를 만나야겠어요."

윤선숙은 진저리치듯 외치며 보초를 떠밀었다.

"이거 왜 이래!"

그러나 오히려 떠밀린 건 윤선숙이었다.

"비켜! 비켜! 비켜!"

윤선숙은 미친 것처럼 외쳐 대며 군복을 움켜잡은 채 보초를 떠밀었다.

"뭐가 이렇게 시끄러워!"

"옛, 대장님. 아침에 왔던 그 사람들이 없다니까 대장님을 만나겠다고 이럽니다."

승강대 계단에 뚱뚱한 장교가 버티고 서 있었다.

"대장님, 그 사람들을 왜 비밀 경찰에 넘겼습니까?"

윤선숙이 다가서며 다급하게 물었다.

"아, 아무 걱정 마시오. 비밀 경찰에 넘긴 게 아니라 그 사람들은 자기들이 원하는 대로 지금 모스크바로 가고 있을 것이오. 돌아가서 기다리시오."

장교는 돌아섰다.

윤선숙은 부들부들 떨며 걸었다. 그 장교의 말을 믿을 수가 없었다.

16호 화물차가 가까워지면서 윤선숙은 걸음을 멈추고 숨을 몰아쉬었다. 시어머니를 만나기 전에 감정을 추슬러야 했다.

"모스크바에 가?"

"네에……."

윤선숙은 의심 가득한 시어머니의 눈길을 피하지 않으려 애썼다.

"우리도 안 보고 그 먼 길을 가? 뭐가 급해서……."

"일이 그렇게 됐대요."

"……."

시어머니는 말없이 눈길을 떨구었다.

그 말을 듣고 김두만과 다른 남자들은 얼굴이 굳었다. 그리고 윤선숙에게 아무것도 묻지 않았다.

　다음 날, 기차에서 내려 물이며 땔감을 구하느라고 분주한 사람들 사이에 이상한 소문이 퍼졌다. 왜냐고 묻지 말고, 어디로 가느냐고 묻지 말라는 것이었다. 그 두 마디를 입에 올리는 날에는 비밀 경찰의 밥이 된다고 했다. 그 소문 속에는 12명이 어떻게 되었는지를 알리는 말이 감추어져 있었다.

　윤선숙은 시어머니가 그 소문을 들을까 봐 조마조마했다. 그런데 시어머니는 그 소문을 들었는지 말을 잃고 식욕마저 잃었다.

　10월 초순이 지나면서 날씨는 더 추워졌다. 밤에는 화물차 안이 얼음덩이처럼 얼어붙었다. 아이들은 이불을 뒤집어쓰고도 부들부들 떨었다. 먹는 것이 부실해 더 추위를 탔다.

　시름시름 기운을 못 차리던 시어머니는 끝내 앓아누웠고, 세 아이가 다 감기에 걸려 콜록거렸다.

　"어머님, 어머님, 어머님!"

　어느 날 새벽녘에 터진 윤선숙의 울부짖음이었다.

　시어머니는 이미 싸늘하게 굳어 있었다. 밤사이에 아무도 모르게 숨을 거둔 것이었다.

　"어머님, 저는 어쩌라고……, 저는 어쩌라고……."

　윤선숙이 시어머니를 부둥켜안고 목 놓아 울었다. 뒤늦게 잠이 깬 세 아이는 이불 속에 웅크린 채 제 어머니를 바라보며 울먹거렸다.

기차가 멈추자 남자들은 시신을 내리고 나뭇가지로 땅을 팠다. 그러나 땅이 얼어붙어 나뭇가지가 땅에 먹혀들지 않았다. 그렇다고 다른 연장도 없었다.

"선생님, 눈장례를 치러야지 어쩔 수 없겠는데요."

김두만이 난감한 얼굴로 윤선숙을 바라보았다.

윤선숙은 흑 울음을 터뜨리며 고개를 끄덕였다.

시신이 언 땅 위에 놓였다.

"선생님하고 아드님이 먼저 눈을 한 줌씩 놓으세요."

김두만이 말했다.

윤선숙은 아들과 함께 눈 위에 무릎을 꿇고 앉았다.

"주환아, 할머니 저세상으로 가시게 엄마 따라서 해."

윤선숙은 눈물을 흘리며 두 손으로 눈을 펐다. 어린 주환이도 눈물 글썽한 눈으로 어머니를 따라 했다. 윤선숙은 눈을 시신 위에 올려놓았다. 주환이도 그 옆에 눈을 놓았다. 시신 위에 놓인 크고 작은 두 개의 눈덩이는 마치 흰 꽃송이 같았다.

"됐습니다, 일어나세요."

김두만의 말에 따라 윤선숙은 아들의 손을 잡고 일어섰다.

남자들은 눈을 퍼다가 단단히 다져 가며 둥그런 봉분을 만들었다.

10월 중순에 이르면서 영하 30도가 예사인 겨울 추위가 몰아
닥쳤다. 하루도 거르지 않고 이 화물차 저 화물차에서 눈장례를
치렀다. 아파서 죽은 것이 아니라 굶어 죽은 사람도 있었고 얼어

죽은 사람도 생겨났다.

　김두만의 아버지도 앓다가 끝내 눈을 감았다.

　"자식들……, 자식들 자알 길러……, 나, 나라 찾으면……, 나

를…… 고, 고향에……."

　노인이 김두만의 손을 움켜잡고 남긴 유언이었다.

　이기철의 어린 딸도 감기를 이기지 못하고 세상을 떠났다. 이기철의 아내는 어린 딸을 끌어안고 내놓지 않아 사람들의 가슴을 더 아프게 했다.

　그러던 어느 날 기차가 멈추고 문이 열렸다. 뜻밖에도 눈앞에 역이 보였다. 사람들은 어리둥절했다.

　"모두 내려라! 다 왔다."

　군인이 손짓하며 외쳤다.

　"뭐, 뭐라구요? 여기가 어디요?"

　누군가가 더듬거리며 물었다.

　"타슈켄트!"

　사람들은 어리벙벙한 채 서로를 바라보았다.

　"와아, 다 왔다아!"

　"와아, 살았다아—."

　그들은 두 팔을 치올리며 환호했고, 서로서로 얼싸안았다.

　20만 조선 사람들의 강제 이주는 1937년 8월 소련 인민위원회 및 공산당 중앙위원회에서 결정한 것이었다. 강제 이주의 공식적 이유는 두 가지였다.

　첫째는 조선 사람의 첩자 행위 방지, 둘째는 중앙아시아에 농업 인력 공급이었다.

강제 이주를 직접 명령한 것은 스탈린이었고, 그 명령에 따라 연해주의 조선 사람 20여만 명은 중앙아시아 여러 지역으로 끌려갔다.

15

국경 산악에 삭풍은 불고

만주 벌판에 찬바람이 휘몰아치면서 일본 관동군과 만주군의 토벌 작전이 본격화되었다. 일본은 후방의 치안이 안정되지 않고는 중국과의 전쟁을 잘 치르기 어렵다고 판단하고 동북항일연군을 소탕하려 했다. 그렇지 않으면 만주가 불안해질 뿐만 아니라 일본군은 양쪽에서 공격을 받게 되어 있었다. 더 큰 문제는 만주의 치안이 불안해지면 조선의 치안까지 불안해질 수 있었다.

영하 30도로 떨어지는 혹독한 추위 속에 항일연군 제1로군에 비상령이 내렸다. 제1로군은 제1군과 제2군으로 나뉘고, 그 아래 각각 3개 사씩 제1사에서 제6사까지 편성되어 있었다. 그리고 사 아래로 3개 단이나 4개 단이 배치되었다. 제1로군 군장은 중국인

양정우였다.

방대근은 제1군 제3사 사장을 맡고 있었다. 일본군의 공세가 날로 심해지는 상황에서 특무 공작대 임무보다 일본군과 맞서 싸우는 게 더 급하다고 상부에서 판단했던 것이다. 그래서 특무 공작대 활동은 중단되었다. 특무 공작대가 해산되면서 이광민은 제3사 2단장을 맡았다. 보천보 전투로 항일연군의 사기를 높인 김일성은 제2군 제6사 사장이었다.

방대근은 휘하 부대의 비상 태세 점검을 마치고 후방대를 찾아 갔다. 그냥 전투에 나서기에는 후방대에 마음 쓰이는 사람들이 많았다.

"아이고, 우리 대장님 오시었소?"

필녀가 화들짝 반가워했다. 필녀는 방대근을 꼭 '대장님'이라 불렀고, 반 농담 삼아 높임말을 쓰고 있었다.

"무고허신게라?"

방대근은 웃으며 손을 내밀었다.

"하면, 요리 씽씽허구만요, 대장님."

필녀는 스스럼없이 방대근의 손을 잡고 악수를 하며 환하게 웃었다.

"누나도 별일 없소?"

방대근은 누나에게 눈길을 돌렸다.

"하면. 어찌 틈이 있었는갑네?"

수국이는 동생을 바라보며 잔잔하게 웃었다.

"삼봉이 좀 불러오면 좋겄소?"

방대근은 통나무를 잘라 그대로 쓰는 걸상에 앉았다.

"이, 그러제."

수국이는 짬을 내기 어려울 텐데 일삼아 조카를 보러 와 준 동생이 고마웠다.

수국이를 따라 들어온 오삼봉이 방대근에게 거수경례를 붙였다. 그 동작은 외삼촌이 아니라 상관을 대하는 군인의 태도였다.

"어떠냐, 처음 맞는 만주 겨울이."

방대근이 경례를 받고 나서 물었다.

"견딜 만허구만요."

"그려, 장허다. 총은 인제 잘 쏘냐?"

"예, 아직 그냥……."

오삼봉은 어색하게 웃으며 이모 수국이를 바라보았다.

"이, 배운 사람이라 그런가, 총을 아주 잘 쏘드랑게. 쏘았다 허면 직방이다요."

필녀가 거들고 나섰다.

"하면, 총 못 쏘는 군인이야 군인이 아닝게."

방대근이 조카의 등을 두들겨 주었다.

"자, 다들 몸조심허시고……."

방대근은 둘러선 사람들에게 눈인사를 보내고 밖으로 나갔다.

오삼봉은 이모 옆에 서서 눈 속으로 사라지는 외삼촌을 지켜보고 있었다.

"니는 외삼춘을 어찌 그리 어려워허냐?"

필녀가 오삼봉의 등을 철썩 쳤다.

"맘은 안 그런디 뵙기만 허면 하도 높아 보여서……."

얼굴이 붉어지며 오삼봉이 어물거렸다.

"그렇제, 오래 못 만나고 살았으니……."

수국이가 조카의 등을 어루만지며 안쓰러운 웃음을 지었다.

오삼봉은 이모와 헤어져 막사로 돌아가며 어머니를 생각했다. 공허 스님이 돌아가지 못했을 테니 어머니가 어떻게 살고 계실지 걱정이 떠나지 않았다. 공허 스님은 돌아가신 게 분명했다. 바로 얼굴을 마주한 거리에서 총에 맞았으니 아무리 신출귀몰하는 공허 스님이라 해도 어쩔 도리가 없었을 거였다.

오삼봉은 그때 기억이 떠올라 어깨를 부르르 떨었다.

"내빼! 산으로 내빼!"

지금도 공허 스님의 외침이 쟁쟁히 울렸다.

총소리에 쫓겨 무작정 뛰었다. 산속으로 내닫다 보니 날이 밝았다. 어디가 어딘지 모를 첩첩산중이었다. 어디로 가야 할지 알

수 없었다. 압록강 건너 산속에 독립군이 진을 치고 있다는 공허 스님의 말이 생각날 뿐이었다. 배영범과 함께 독립군을 찾아 다시 산을 탔다. 날이 저물었지만 독립군의 종적은 찾을 수 없었다.

바위 틈에서 잠을 자고 다시 하루 종일 산속을 헤맸다. 그러나 독립군은 보이지 않았다. 꼬박 이틀을 굶은 채로 산속을 헤맨 탓에 기진맥진해서 잠에 빠져들었다. 날이 밝아 다시 움직이기 시작했다. 산굽이를 두 번짼가 돌았을 때, 총을 들이댄 너덧 명에게 붙잡혔다. 한눈에 보아도 그들은 일본군이 아닌 독립군이었다. 너무 반가워 그들을 얼싸안고 싶었다. 그러나 그들은 이쪽을 완전히 죄인 취급했다.

어느 산골짜기에 없는 듯 숨어 있는 독립군 밀영으로 끌려가 조사를 받았다. 그들이 봇짐을 풀어헤쳐 인삼이 나오고서야 몸에 먹을 것을 지니고 있었다는 것을 깨달았다. 그렇게 배가 고팠으면서도 독립군을 찾는 데만 정신이 쏠려 인삼은 까맣게 잊고 있었던 것이다.

독립군은 이쪽을 인삼 장수로 꾸민 밀정으로 취급했다. 만주에 오게 된 내력을 자세히 이야기했지만, 믿지 않았다. 생각다 못해 외삼촌 방대근과 지삼출 아저씨를 끄집어냈다. 그때서야 조사관의 표정이 좀 달라졌다.

열흘 가까이 움막에 갇혀 지냈다. 밥은 하루에 두 끼, 수수밥이나 조밥이었다. 된장국에 반찬은 짠지나 산나물 한 가지씩뿐이었다. 독립군들이 먹는 그대로라고 했다. 그렇게 먹으며 독립 투쟁을 하다니⋯⋯. 고향의 가난한 소작인들 밥상만도 못했다.

어느 날 움막 앞에 외삼촌과 이모가 나타났다.

공허 스님 이야기를 하자 이모가 서럽게 흐느껴 울었다. 외삼촌도 주먹으로 자꾸 눈물을 훔쳤다.

"스님께서 느그들을 살리고 돌아가신 것이다. 느그들이 스님 몫까지 해내야 쓴다."

그 부대를 떠나며 외삼촌이 한 말이었다.

오삼봉은 군사훈련과 정신 학습을 받고 후방대 경비소에 배치되었다. 전투 경험이 없는 신병들이 거치는 곳이었다. 거기서 독립군 부대에서 왜 그렇게 철저하게 조사를 했는지 알았다. 일본군은 기기묘묘한 방법으로 첩자나 밀정을 침투시켜 기밀을 빼내 가고 지휘관을 살해하고 있었다.

방대근은 부대를 이끌고 밀영을 출발했다. 그는 휘하에 있는 각 단의 간격을 최대한 넓히며 북쪽으로 전진했다. 전선을 넓혀 적들의 포위 작전을 교란시키고 적들을 멀리서 막아 유격 근거지와 후방대를 보호하려는 작전이었다. 이것은 제1로군 전체의 기본 작전이었다.

일본군과 만주군이 1933년 중반부터 추진한 집단부락은 한마

디로 민간인 집단 수용소이고 감옥이었다. 부락민들은 아침에 일어나면 군인이나 경찰의 감시를 받으며 단체로 일을 나갔고, 저녁 때는 또 단체로 돌아왔다. 식량도 3일분씩 배급받았다. 그 곡식이 독립군에게 전달되지 못하게 막으려는 것이었다.

이런 집단부락은 항일 유격대가 활동하는 지역에 먼저 만들어지더니 유격대가 이동하는 곳마다 번져 갔다. 그렇게 불어난 집단부락은 1935년 말에는 4천 개가 넘었고, 동북항일연군이 만주 전역에서 활동하면서 1936년 말에는 1만 개를 넘어섰다.

제3사 2단장 이광민은 산줄기에 에워싸인 분지에 이르러 부대를 정지시켰다.

"지금부터 분대별로 흩어집니다. 대원 여러분은 지휘관의 명령에 절대 복종하고, 용맹스럽게 싸워 주기 바랍니다. 다시 말하지만 일본군은 우리 조선과 중국의 공적입니다. 우리 모두 한마음으로 단결해서 기필코 왜적을 물리칩시다."

이광민은 짤막한 훈시를 하면서 일본이 조선과 중국의 공동의 적임을 또다시 강조했다. 이광민은 조선 대원들에게 따로 하고 싶은 말이 있었다. 그러나 하지 않았다. 자칫 중국 대원들이 서운하게 생각할지도 몰랐던 것이다. 80명 가운데 중국 대원은 27명이었다.

'여러분 한 사람, 한 사람이 조선입니다.'

이광민에게 그 말은 언제 들어도 감동적이었다. 그 말을 송수익 선생한테서 처음 들었을 때 얼마나 가슴 벅찼는지 몰랐다. 그 감동은 언제나 새로운 힘을 용솟음치게 했고 목메게 했으며 자세를 흩뜨리지 못하게 했다. 그래서 부하들에게도 늘 들려주고 싶은 말이었다.

쾅! 쾌당! 쾅!

일본군이 박격포를 앞세우고 밀려들었다. 박격포탄이 여기저기서 터졌다. 이광민은 불길한 예감에 부딪혔다. 엄청난 병력이 봉우리와 봉우리 사이의 산줄기를 막고 포위 작전을 펴고 있었다.

제1로군은 대대적인 토벌 작전이 시작될 것이라는 정보를 입수했을 뿐이지 병력이 얼마나 동원될지는 모르고 있었다. 그런데 일본군 병력은 자그마치 3만을 헤아렸다.

일본군의 토벌 작전이 시작되고 사흘 만에 후방대에 긴급 이동 명령이 떨어졌다. 여자 대원들에게도 총이 지급되었다. 그들에게 주어진 임무는 병원이 이동할 때 환자들을 보호하는 것이었다.

"하이고, 인제야 소원 풀이 혔네."

총을 받아 든 필녀는 춤이라도 덩실덩실 출 듯 좋아했다.

"……"

수국이는 두 손으로 총을 받쳐 잡은 채 입을 꾹 다물고 있었다.

이광민은 열흘 사이에 부하를 열아홉이나 잃었다. 그리고 2개 분대와는 연락이 끊어졌다. 일본군의 끈질긴 장기전에 어쩔 도리가 없었다.

물론 이쪽만 피해를 입은 것은 아니었다. 공격할 때에는 수비보다 네 배 이상의 병력이 필요하다는 것은 상식이었다. 더구나 유격대와의 산악 전투에서는 더 많은 병력이 필요했다. 그러나 어느 군대나 병력이 많을수록 기동성이 떨어지게 마련이었다. 포위망을 뚫기 쉽게 하고 포위 작전을 교란시키기 위해 소조로 분산된 대원들은 기회만 생기면 일본군을 공격했다. 그러니 일본군이 죽어 가는 수는 이쪽보다 훨씬 더 많았다.

산비탈의 바위에 몸을 숨겨 가며 포위망을 뚫은 이광민은 부하 아홉을 이끌고 다른 골짜기로 빠지고 있었다.

"단장님, 이것 좀 보십시오!"

이광민은 옆으로 고개를 돌렸다.

단원 둘이 아름드리나무 앞에서 걸음을 멈추었다. 그 나무에 무슨 종이가 붙어 있었다.

"그게 뭔가?"

이광민은 급히 다가갔다.

"왜놈들이 붙인 것 같은데요……."

투항 권고문
너희들은 이 겨울을 넘기지 못하고 전원 몰사할 것이다. 저항을 포기하고 투항하라. 투항하는 자는 일체의 잘못을 묻지 않으며, 처벌도 하지 않는다. 오히려 후한 상금을 주고, 직장도 마련해 줄 것이다. 혼자도 좋고, 집단 투항은 더욱 환영한다. 어서 결심하라!

투항 권고문은 한글과 한문 두 가지로 되어 있었다.

이광민은 그것을 확 잡아 뜯어 북북 찢었다. 그의 눈에 불길이 이글거렸다.

16

타국의 저승길

　구상배가 시름시름 앓으면서 일어나지 못한 지가 벌써 보름이
었다.
　방영근은 하루도 빠짐없이 병문안을 했다. 그런데 병세가 아무
래도 심상치 않아 병원에 가 보자고 했다. 그러나 그때마다 구상
배는 손을 저었다.
　"성님, 좀 어떠신게라?"
　방영근은 누워 있는 구상배 옆에 앉으며 그 몰골에 놀랐다. 하
룻밤 사이에 얼굴색이 검푸르게 변해 있었다.
　"뭐하러 또 왔노……."
　구상배의 목소리에도 힘이라고는 없었다.

"성님은 어떤지 몰라도 지는 성님 없이 못 사니까 딱 한 번만 병원에 가 주씨요."

방영근의 말은 간곡했다.

"동생, 내사 그리 고생허고 살았어도 약 한 첩 안 먹은 강골인 기라. 며칠 더 앓다가 발딱 일어날 테니 그만 일이나 나가그라."

구상배는 웃음 지어 가며 오히려 방영근의 마음을 돌리려 들었다.

"돈이 아까워 그러시면 즈그들이 돈을 대겄소. 우리가 오늘 일을 못 나가는 한이 있어도 성님을 병원에 데려갈 것이구만이라. 아침 먹고 다 몰려올 것잉게 그리 알고 계시씨요."

방영근은 제 할 말을 하고는 일어났다.

"보래, 내 말 쫌 들어 보라카이……."

구상배가 다급하게 불렀지만 방영근은 뒤도 돌아보지 않고 방을 나섰다.

아침을 먹은 사람들이 방영근을 따라 구상배의 집으로 몰려들었다.

"일 안 나가고 왜들 이라노?"

구상배가 당혹스러운 눈길로 조원들을 둘러보았다.

"병원에 안 가시면 일 안 나갈랍니다."

"이 사람들아, 왜 그리 철이 없노? 일 안 나가면 굶어 죽는 것

모르나?”

“그걸 아시는 양반이 병원 안 가면 죽는다는 건 왜 모르시오? 자, 어서 병원으로 모셔 갑시다.”

누군가의 말에 사람들이 모두 일어섰다.

“알았다, 내 병원에 갈 테니 뻐뜩 일들 나가그라 그만.”

구상배는 마침내 손을 들고 말았다.

병원에 간 구상배는 집으로 돌아오지 못하고 입원을 했다.

열흘이 지나 검진 결과가 나왔다. 구상배의 아내는 석 달을 살기 어렵다는 의사의 말을 듣고 까무러치고 말았다. 폐암이었다.

이웃들도 큰 충격을 받았다. 방영근은 그날 밤 몸을 가눌 수 없도록 술을 마시고 꺼이꺼이 울었다.

구상배는 이틀 뒤에 퇴원했다. 그는 병이 다 낫기라도 한 것처럼 좋아했다. 이웃들도 그의 병을 입에 올리지 않기로 하고 밝은 얼굴로 그를 맞았다.

“내가 오래 누워 있어서 자네들헌티 체면이 말이 아니구마는. 이 약이 신통하니께 쪼매만 기다려. 내가 곧 일어나서 몇 곱 더 일해서 다 갚을 기구마는.”

구상배가 알약을 내보이며 말했다. 그러나 그 알약은 치료제가 아니라 진통제일 뿐이었다.

“성님, 기운 괜찮으면 하와이 구경이나 합시다.”

방영근은 일요일이면 구상배와 함께 집을 나서고는 했다.

택시를 타고 여기저기 경치 좋은 데를 구경시켰다. 어차피 고향 땅에 못 가게 되었으니 뼈를 묻을 하와이나마 두루 눈에 익혀 정이 붙게 하려는 것이었다.

"동생, 조선이 어느 쪽이고? 여기가 맞능가?"

커다란 바위 구멍으로 바닷물이 치솟는 것을 구경하던 구상배가 뚜벅 말했다.

"야아, 맞구만이라."

방영근은 얼떨결에 대답했다.

구상배는 고개를 주억거리다가, "벌써 몇 년 세월이고? 이 하와이가 창살 없는 감옥이었능기라. 여기서 죽을 나이가 다 됐으니 우이하믄 좋노." 하며 착 까라진 소리로 중얼거렸다.

방영근은 이 양반이 자기 죽을 것을 알고 있나 싶어 가슴이 섬뜩했다.

"어디 하와이만 감옥이었소? 왜놈들 발밑에 사는 조선도 감옥이기는 매일반이제라. 땅 다 뺏기고, 지 땅을 도로 소작질해서 사는 판이라는디 그런 놈의 세상이 어디 사람 사는 세상이었소? 거기에 비허면 우리 신세가 훨씬 낫제라."

방영근은 일부러 이야기를 다른 쪽으로 돌리려 목청까지 높였다.

"그렇기도 허제. 여기나 거기나 조선 백성으로 태어난 기 죄라……."

구상배는 한숨을 푹 쉬고는, "보래, 왜놈들이 중국하고 전쟁 붙은 거 우찌 돼 가고 있나?" 하고 물었다.

"뙤국 놈들도 참 빙신 팔푼이들이랑게라. 조선이야 작아서 당했다고 혀도 중국이야 큰 놈의 나라가 어찌 그 꼬라지 허고 자빠졌는지 모르겠당게요."

방영근은 침을 내뱉었다.

"그러게 말이다. 중국이 조선 꼬라지 되면 우리 조선 신세는 영영 그른 것 아이가?"

구상배는 또 한숨을 내쉬었다.

방영근은 문득 말이 잘못 돌아가고 있다고 생각했다. 상심하면 병을 더 덧나게 할 수도 있었다.

"아니구만이라. 한인회 양반들 허는 말이, 왜놈들이 초장잉게 나대고 까부는 것이제 그리 쉽게 중국을 먹지는 못헐 것이라고 허드만이라. 중국이 원체 땅도 넓고 사람도 많아서 조선 집어먹듯이 헐 도리가 없다는 것이제라. 욕심 많은 뱀이 지 아가리 큰 것만 믿고 몸통 작은 것은 모른 채 족제비 뒷다리 덜꺽 물었다가 됩데 지가 잡아먹히는 꼴이나 같제라."

언젠가 얼핏 들은 말에다가 살을 붙이느라 방영근은 애를 썼다.

"그래, 그렇게라도 돼야 우리 숨통이 쪼매라도 트이지 않겠나."

구상배는 희망을 갖고 싶은 듯 희미하게 웃었다.

"요새 왜 이리 소나무가 보고 싶노……."

구상배가 탄식처럼 말했다.

"소나무가요……?"

방영근은 또 가슴이 섬뜩해졌다. 죽음을 짐작하면서 그런 맘이 드는 게 아닌가 싶었다.

"조선 소나무 안 있나, 바위 틈새에서 꼬불탕꼬불탕 꼬이고 비비 틀리면서도 장허디장허게 청청헌 소나무 말이다. 조선 소나무는 향내도 좋고 바람 소리도 좋고, 언제 봐도 변함없는 기 얼마나 좋드나? 그 소나무가 왜 이리 보고 싶은지 모르겠다."

구상배의 눈에는 곧 흘러내릴 것처럼 눈물이 가득했다.

"성님, 없는 소나무 그리워 말고 눈앞에 청청헌 자식들을 보시게라. 고것이 바로 성님이 하와이 땅에서 씨 뿌리고 키운 성님 소나무인게요."

"뭣이라? 그 말 한번 기막히데이."

구상배는 반색을 하며 손등으로 눈을 씩씩 문질렀다.

"자식들 큰 것 보면 세월이 무상헌 것만도 아니드만이라. 성님이나 지나 늦장가 들었는디도 자식들이 그리 컸응게요."

"맞다, 우리 젊은 세월을 자식들이 먹고 큰 것인께네."

구상배는 깊은 생각 어린 얼굴로 고개를 끄덕였다.

　얼마 뒤, 구상배는 세상을 떠났다. 이웃 사람들은 정성 들여 꽃 상여를 만들었다. 그리고 다른 상여가 나갈 때 그러는 것처럼 느리고 무거운 발걸음에 맞추어 서럽고 한스러운 가락으로 〈아리랑〉을 불렀다.

17

어디 계시옵니까

"첫째, 우리는 황국신민이다. 충성으로써 군국에 보답한다. 둘째, 우리 황국신민은 서로 협력하여 단결을 굳게 한다. 셋째, 우리 황국신민은 힘을 길러 황도를 선양한다."

계집아이의 또랑또랑한 일본말 목소리가 마당까지 울렸다.

텃밭 가 거름 더미에서 바지게에 거름을 옮겨 담던 차득보가 쇠스랑질을 멈추었다.

"아니, 저런 못된 년이!"

차득보는 쇠스랑을 거름 더미에 힘껏 찌르며 내뱉었다. 딸이 외는 것은 「황국신민의 서사」였다.

"연희야, 당장 주둥이 닫지 못혀!"

차득보는 고함을 지르며 토방으로 뛰어올랐다.

"아이고메, 어째 이러시오. 저것 외우는 것이 숙제라든디."

연희네가 다급하게 남편을 붙들었고, 방 안의 연희 목소리도 뚝 끊어졌다.

"숙제고 지랄이고, 연희 니 당장 나오너라."

차득보가 또 버럭 소리쳤다.

옆 걸음질을 치며 방에서 나온 연희의 눈에는 겁이 잔뜩 실려 있었다.

"니 집에서 왜놈 말 씨부리라고 누가 가르치더냐!"

차득보가 눈을 부라렸다.

"선생님이 100번씩 외라고 혀서⋯⋯."

몸을 움츠린 연희가 떨면서 말했다.

"그런다고 소리소리 질러? 그런 놈의 학교 당장 때려치워라!"

"아이고메, 다시 못 그러게 허면 되제⋯⋯."

연희네는 남편에게 애원하는 눈으로 말했고, 연희는 제 엄마 옆으로 붙어 서며 빼액 울음을 터뜨렸다.

"시끄럿!"

차득보는 소리치며 쌈지를 꺼냈다.

남편이 쌈지를 꺼내는 것을 보고 연희네는 남편의 감정이 한풀 꺾인 것을 알고 딸에게 재빨리 말했다.

"뚝 그치고, 다시는 안 그러겠다고 빌어. 그래야 학교 다닌다."

연희는 얼른 울음을 그치며 눈물을 훔쳤다.

"아부지, 다시는 안 그러겠구만이라우."

연희는 선생님 앞에서처럼 단정하게 서서 말했다.

"그려, 집구석에서는 왜놈 말 입도 뻥끗 말어."

차득보는 무뚝뚝하게 말하고는, "왜 그런지 자네가 일러 주소." 하고 아내에게 이르며 마당으로 내려섰다.

차득보는 가슴에 가득 찬 울화를 담배 연기로 푹푹 내뿜으며 다시 거름 더미 쪽으로 걸음을 옮겼다. 참 어처구니없는 일이었다.

동네마다 사람들을 모아 놓고 그놈의 「황국신민의 서사」를 외우게 닦달하기 시작한 것이 작년 10월이었다. 그러면서 함께 떠들기 시작한 말이 내선일체였다. 일본과 조선이 하나가 되고, 조선 사람이 일본 사람과 똑같이 대접받으려면 그것을 외워야 한다는 것이었다. 그것을 외우지 못하면 일본을 반대하는 생각을 품고 있는 거니까 잡아간다며 으름장까지 놓았다. 참으로 갈수록 태산이었다. 여기저기 신사를 짓느라 한동안 시끌덤벙하게 돌아치고, 조선 학생들이 신사참배를 거부하면서 말썽이 일어나고, 여러 지방에서 스스로 학교 문을 닫았다는 소문이 퍼지더니 지난 달에는 전주 신흥학교와 기전학교가 신사참배를 거부하면서 폐교를 하는 판이었다.

그런데 지난 12월에 또 해괴한 일이 벌어졌다. 일본 천황의 사진을 학교마다 붙여 놓고 학생들에게 신사참배 하듯 하게 한 것이었다.

'빌어먹을, 철없는 니가 무슨 죄냐. 다 나라 뺏긴 어른들 죄제.'

차득보는 휴우 한숨을 내뿜었다.

세월이 갈수록 왜놈들의 기세는 점점 더 사나워지고 있었다. 3·1운동 때나 신간회 활동을 하던 때가 꼭 꿈만 같았다. 중국하고 전쟁을 벌이면서 조선이 해방되기는 영영 틀렸다는 소문도 떠돌았다.

그 소문이 정말이기라도 한 양 정말 믿을 수 없는 일이 벌어졌다. 유승현 선생이 전향한 것이었다. 유승현 선생은 전향한 사람들이 으레 그렇듯이 군청 감투를 썼다. 그토록 믿던 유승현 선생이 전향을 하다니, 믿을 수 없었다. 정말 나라를 영영 되찾기가 틀려서 전향했는지, 공산주의 세상을 이룰 가망이 없어서 전향했는지, 다시 감옥살이를 할까 봐 겁이 나 전향했는지 알 수가 없었다. 어디 물어볼 만한 사람도 없었다. 그것을 물어볼 사람은 공허 스님뿐인데 웬일인지 공허 스님은 소식이 감감했다. 포교당에 찾아가 보았지만 운봉 스님도 고개를 저을 뿐이었다. 이래저래 심란해서 농사지을 기운도 나지 않았다.

차득보는 거름지게를 지고 고샅을 벗어났다. 아무래도 이상해서 포교당을 다시 찾아가 보기로 했다. 공허 스님 꿈을 꾸었는데 너무 불길했다. 온몸이 피투성이인 스님이 사립을 들어서다 픽 쓰러졌던 것이다.

"스님, 공허 스님 소식이 궁금혀서……."

차득보는 운봉 앞에 합장을 했다.

"아직 소식이 없구만요."

운봉의 목소리는 착 가라앉아 있었다. 그의 얼굴에도 근심이 가득했다.

"너무 오래 소식이 없으신디, 알아볼 방도가 없능게라우? 꿈이 얄궂어서……."

말이 씨 되더라고 차마 꿈 이야기를 털어놓지는 못하고 차득보는 이렇게 어물거렸다.

"……소승도 알아볼 방도를 찾고 있구만요."

운봉도 몸이 달 뿐 뾰족한 방도가 없었다.

"여기 계시던 분은 어디 가셨능게라?"

차득보는 아까부터 손판석이 보이지 않아 마당을 걸어 나오면 서 두리번거렸다.

"손 영감님은 이리로 떠나셨구만요."

"아주 떠나셨능게라?"

차득보는 문득 서운한 생각이 들어 이렇게 물었다.

"예, 아들이 양복 재단 기술자가 돼서 모셔 갔구만요."

운봉의 얼굴에 밝은 웃음이 번졌다.

"참 잘 되셨구만요. 장허신 어른 말년이 편케 되야서."

차득보는 처음 듣는 그 이야기에 놀라며 운봉에게 합장했다.

"또 걸음 허시게라."

운봉은 대문 밖까지 배웅했다.

운봉은 멀어져 가는 차득보를 바라보면서 홍 씨를 생각했다. 홍 씨는 공허 스님 소식 때문에 그동안 세 번이나 다녀갔다. 엊그제 왔을 때는 눈물까지 보였다.

"그동안 말씀을 못 드렸는디……, 어찌 그리 자꾸 꿈자리가 사나운지……."

홍 씨가 몹시 주저하며 꺼낸 말이었다.

그 순간 운봉은 자꾸 꿈을 꿀 정도라면 예사 사이가 아니구나 하는 생각이 퍼뜩 스쳤다.

그런데 홍 씨는 또 뜻밖의 말을 했다.

"스님 기다리다가 우리 동걸이 상급 학교 가는 때도 놓치고……."

이 말을 듣는 순간 운봉의 머리에 또 다른 생각이 스쳤다.

'그럼 동걸이가 공허 스님 아들이란 말인가!'

그러나 운봉은 놀라지 않았다. 다른 승려라면 몰라도 공허 스님이라면 충분히 그럴 수 있었고, 또 흠일 것도 없었다.

그러나 운봉은 아무 내색도 하지 않았다.

운봉은 홍 씨가 돌아가고 나서 법당에 앉아 오래도록 부처님만 올려다보고 있었다. 그러나 마음만 무거울 뿐 좋은 수가 떠오르지 않았다. 홍 씨 못지않은 무게로 가슴에 얹히는 돌이 오삼봉의 어머니였다.

오삼봉의 어머니는 벌써 몇 달 전부터 더는 절밥을 축낼 수 없다며 거처를 옮기려 했다. 군산에 두고 온 가게를 처분해 어딘가 안전한 곳에 자리 잡기를 원했다.

운봉은 그 일을 해결하러 나섰다. 그러나 뜻밖에도 일은 꼬이고 말았다. 딸과 사위가 그 가게 주인이 자기들이라고 우기고 나선 것이었다.

"내가 경찰서에 끌려가 얼마나 매타작을 당헸는지 아시오? 그 고생에 비허면 이까짓 가게는 너무 싸요."

핏대를 올린 사위의 말이었다.

"엄니도 참 뻔뻔허시요. 내가 당헌 것은 치지 않더라도 애 아범이 그리 당헀는디 요것을 홀랑 팔아 갖고 가면 내가 무슨 낯짝으로 살겄소. 사위헌티 못헐 일 시켰으니 요 가게는 넘겨주는 것이 당연허제라."

남편의 말에 맞장구를 치고 나선 딸의 말이었다.

운봉은 말문이 막혔다. 탐욕이 온갖 괴로움의 근원이라는 부처님의 말씀만 생생해질 뿐이었다.

운봉은 사위와 딸이 한 말을 오삼봉의 어머니에게 그대로 전했다.

"갸들 말이 백번 맞구만이라. 갸들이 말허기 전에 미리 줬어야 에미 도리였을 것이구만이라. 지 맘은 똑 그러고 싶은디, 지가 인제 나이 들고 자식 또 하나 딸렸으니, 그 가게를 갸들허고 반씩 나누는 것이 어쩔랑가 모르겄구만요. 옹색허시더라도 스님께서 한 번만 더 걸음해 주시면⋯⋯."

오삼봉의 어머니가 힘겹게 한 말이었다.

"예, 그리허겠구만이라."

운봉은 오삼봉의 어머니가 작은딸만 없다면 정말 그 가게를 주고 싶어 한다는 것을 느낄 수 있었다.

"하이고, 코딱지만 헌 점방 몇 푼이나 나간다고 반타작을 혀라?"

큰딸은 지난번보다 더 기세를 올렸다. 그사이 탐욕이 더 커졌음을 운봉은 느꼈다.

"어무님 말씀을 우리가 어찌 거역허겠능게라. 그럼 그러기로 허고, 점방을 팔려면 하루 이틀로는 안 될 것이구만이라. 팔릴 것 같으면 바로 스님헌티 연락드리겠구만요."

사위가 선선하게 말했다.

운봉은 다행이라고 생각했다. 지난번에 가게를 먼저 탐낸 건 사위 같았는데 이번에는 오히려 태도가 바뀌어 일이 쉽게 풀린다 싶었다.

운봉은 큰딸의 말은 빼고 사위의 말만 오삼봉의 어머니에게 전했다.

"야아, 그 사람 맘이 고맙구만요……."

오삼봉의 어머니가 낮은 소리로 한 말이었다.

운봉은 차득보가 사라진 들길을 바라보며 그 소식이 오기를 기다린 지 한 달이 넘었음을 셈하고 있었다. 그 조그만 가게를 파는 데 너무 오래 걸리는 게 아닌가 싶었다.

이튿날, 가게로 들어서던 운봉은 주춤했다. 가게에 낯모르는 남자가 앉아 있었다.

"주인 안 계신게라?"

"내가 주인인디, 어째 그러요?"

운봉은 아차 싶었다. 사위가 선선히 하던 말이 번쩍 떠올랐다. 그제야 자신이 속았다는 것을 알아챘다.

운봉은 오삼봉의 어머니에게 도저히 그 사실을 전할 자신이 없었다. 그러면서 어떡하든 두 모녀가 살아갈 수 있도록 해 줘야 한다고 생각했다.

운봉은 봄기운 짙게 밴 들길을 걸어 포교당으로 돌아가며 또 공허 스님을 생각했다. 늦어야 한 달, 더 늦어도 두 달이면 돌아왔어야 했다. 그런데 벌써 반년을 넘어 열 달이 다 되어 가고 있었다. 홍 씨도 차득보도 꿈자리가 사납다며 걱정이었다. 정말 공허 스님이 무슨 변을 당해 돌아가셨다면 어떻게 해야 하나? 그걸 확인할 길이 없었다. 오삼봉의 어머니조차 자기 형제들이 사는 곳을 모르고 있었다. 만주에 가려 해도 찾아가 볼 곳이 없었다.

운봉은 돈 마련할 궁리를 하며 며칠을 보냈다. 오삼봉의 어머니를 만나기 전에 가게 차릴 돈을 장만하기로 한 것이었다.

그런데 차득보가 다시 찾아왔다.

"스님, 지가 만주에 찾어가 볼 데를 알아냈구만이라."

차득보는 흥분해 있었다.

"아니, 세세히 말을 좀 혀 보시오."

운봉이 놀라며 다그쳐 물었다.

"지가 공허 스님허고 친헌 신세호 선생님을 잘 아능구만요. 곰곰 생각혀 보니 그 어른이 공허 스님이 만주 어디로 가시는지 알지도 모른다 싶드랑게라. 그래 찾어가 여쭤 봤구만요. 그런디 그 어른은 모르시고, 경성에 있는 그 어른 사위헌티 가서 알아보라등마요. 그러면서 편지까지 써 주시드랑게라."

차득보는 조끼 주머니에서 편지를 꺼내 내밀었다.

"예, 그럼 바로 올라가 봐야겠구만요."

편지를 받아 든 운봉도 흥분을 감추지 못했다.

"하먼이라. 지도 마누라헌티 채비허라고 혔응게 스님도 채비를 허시게라우."

"아니, 만주까지 가실라고요?"

"하면, 가야제라!"

차득보의 목소리는 단호했다.

이튿날, 운봉과 차득보는 서울 송중원의 잡지사를 찾아갔다.

"아니, 그런 일이 있었어요? 거기 가면 소식을 알 수 있을 겁니다."

운봉의 말을 듣고 송중원은 무척 놀랐다.

송중원은 편지를 써 주며 기차를 바꿔 타는 것이며 마차역 같은 데를 자세히 알려 주었다.

운봉과 차득보는 나흘 만에 지삼출네 동네에 닿았다. 공허 스님을 찾으러 왔다는 말에 놀란 동네 사람들이 운봉과 차득보를 에워쌌다.

운봉은 여기까지 찾아오게 된 까닭을 차근차근 이야기했다.

"허, 탈 났네! 스님은 안 오셨는디."

지삼출이 탄식처럼 토해 낸 말이었다. 둘러앉은 사람들의 얼굴도 어두웠다.

"그, 그럼……, 스님은 어찌 되셨을게라?"

운봉이 말을 더듬었다.

아무도 입을 여는 사람이 없었다. 한참 만에 지삼출이 입을 열었다.

"입에 못 담을 말인다……, 스님은 이 세상 사람이기 어렵소."

지삼출의 침통한 말이 운봉과 차득보의 가슴을 쳤다.

다음 날 동네 사람들은 차득보가 명창 옥비의 오빠라는 것에 놀랐다. 차득보가 그저 지나가는 말로 동생 이야기를 꺼냈던 것이다.

그러나 정작 놀란 사람은 차득보였다. 동생이 만주로 온 까닭도 그렇고, 또 그 남자를 따라 싸움터로 뛰어든 것도 너무 놀랍기만 했다. 차득보는 동생이 자기보다 훨씬 낫다고 생각하며 만주를 떠났다. 사랑하는 사람을 찾아 만주까지 온 것도 그렇고, 목숨 내걸고 싸움터로 뛰어든 것도 그랬다.

〈11권에 계속〉

조정래 대하소설

아리랑

[제4부 동트는 광야]

주요 인물 소개
소설에 담긴 역사 속 주요 사건

주요 인물 소개

송수익

사랑방 모퉁이에 서당을 차려 동네 아이들을 가르쳤으나 나라의 정책이 바뀌어 그마저도 하지 못하고 뒤숭숭한 마음에 신문을 읽으며 세상의 변화를 관망하고 있다가 의병을 일으켜 일본에 대항하고 국내 사정이 여의치 않자 만주로 이동해 독립운동을 펼친다.

신세호

잃어버린 나라를 걱정하는 마음은 크지만, 직접 독립운동에는 나서지 못하는 양반으로 송수익과 친구이다. 집을 떠나 있는 친구를 대신해 그 집안을 보살피고, 독립운동을 후방에서 지원한다.

송가원

송수익의 둘째아들로 아버지의 뜻을 따르는 방법으로 의예과를 졸업해 의사로서 독립운동을 돕기로 마음먹는다.

꽁허

의병 활동 중에 송수익을 만나 그의 손과 발이 되어 만주와 국내를 잇는 역할을 한다. 양반이면서도 모든 사람을 평등하게 대하는 송수익에 매료되어 존경한다.

238

옥녀.

소리꾼 옥비로 기방에서 노래를 하며 돈을 번다. 공허의 소개로 알게
된 송가원을 보살피며 그에 대한 사랑을 키운다.

지삼출

송수익과 함께 의병으로 활동한 평민으로 신분을 뛰어넘어 모든 사람
을 공평하게 대하는 송수익을 존경하고 따라 함께 만주로 이동한다.

방대근

송수익을 따라 의병에 나선 소년으로 하와이 사탕수수 농장으로 일
하러 간 방영근의 막냇동생이다. 신흥무관학교를 졸업하고 무장 투
쟁의 길을 걷는다.

윤철훈

한인청년단으로 독립운동을 펼치던 중 빨치산 비밀 요원이 되어 무
장 독립 투쟁을 벌인다.

정도규

큰형 정재규와 작은형 정상규의 재산 다툼을 해결하고, 물려받은 재

산으로 동네 사람들을 보살피며 국내외의 독립운동을 지원한다.

양치성
아버지가 병으로 세상을 떠난 후 동생들을 부양하기 위해 구걸하다
가 우체국장 하야가와의 눈에 띄어 일본 유학을 다녀온 후 정보 요
원으로 일한다. 일본의 지령을 받아 송수익의 뒤를 쫓는다.

소설에 담긴 역사 속 주요 사건 : 1934~1945년

신사 참배

일제가 한국의 종교와 사상, 자유를 억압하고 천황 이데올로기를 주입하기 위하여, 조선 곳곳에 신사를 세우고 참배를 강요한 일을 일컫는다. 1910년 한일병합 이후부터 지속적으로 요구되었으며, 1930년대 중반 이후로는 보다 강압적인 방법들을 동원하여 기독교계까지 압박하였다.

만주 이민 바람

식민지 농업 정책으로 인한 피폐화와 만주를 장악하고자 했던 일제의 이민 장려로 인해 조선인들이 만주로 이주한 일을 일컫는다. 이주민의 90퍼센트가 소작농이었는데, 1930년대 이후부터 급증하여 1945년에는 그 수가 200만 명에 달했다.

선만일여 정책

선만일여(鮮滿一如)는 '조선과 만주는 하나'라는 뜻으로, 1936년 일제가 민족 말살과 황국신민화 정책의 일환으로 내세운 것 중 하나이다. 만주와 한반도를 침략 전쟁의 교두보로 만들기 위해 압록강과 두만강에 교량을 건설하고 수력 발전소를 건설하는 등의 정책을 추진하였다.

종군위안부

1930년대부터 1945년까지 일본에 의해 강제로 군위안소로 끌려가 성노예 생활을 강요당한 여성을 일컫는다. 일본, 한국, 중국, 필리핀 등지에서 많은 여성들이 동원되었는데, 그중에서 한국 여성이 가장 많았다. '정신대(挺身隊)', '종군위안부(從軍慰安婦)' 등으로 불리기도 했으나 이는 일본이 실상을 감추기 위해 만들어 낸 용어로, 현재 공식적인 명칭은 '일본군 위안부'이다.

생체 실험

1936년부터 1945년까지 일본 731부대가 생물·화학 무기 개발을 위해 한국인과 중국인을 대상으로 자행한 생체 실험을 일컫는다. 생체 실험 대상자를 '마루타'라고 지칭했으며, 이들을 대상으로 칼로 찌르고, 가스를 주입하고, 피부를 산 채로 벗기기도 하는 등 잔혹한 실험을 저질렀다.

보천보 전투

1937년 6월 4일 동북항일연군 중 김일성이 이끄는 병력이 함경남도 갑산군 혜산진 보천보 일대를 습격하여 승리했다는 전투이다. 이 전투로 김일성이 국내외에 알려진다.

강제 이주

1937년 소련 정부가 연해주의 한인을 중앙아시아로 강제 이주시킨 일이다. 국경 지대의 한인이 일본의 스파이가 될 수 있다는 우려에서 취한 조치로, 당시 한인 약 20만 명이 카자흐스탄·우즈베크 등지로 옮겨졌다.

내선일체

'내지(內地)' 즉 일본과 조선은 하나'라는 뜻으로, 1937년 일제는 중국 침략을 개시하면서 이 전쟁에 한국을 이용하기 위한 강압 정책으로 내선일체라는 기치를 내세웠다. 한국인의 저항을 초기부터 차단하려는 민족 말살 정책이었다.

조선어 시간 폐지

1938년 총독부가 조선교육령 개정에 따라 학제를 소학교, 중학교, 고등여학교로 편제하면서, 중학교 과정의 조선어 시간을 일어, 한문, 역사 등의 과목으로 대체한 사건이다. 조선어 말살 정책의 시작이었다.

국민총동원령

일제가 1938년 4월 공포하여 5월부터 시행한 전시 통제법으로, 중일전쟁에 필요한 인적·물적 자원을 한국에서 마음대로 동원하고 통제할 목적으로 만든 법이다. 이 법으로 인해 강제 징용, 징병, 식량 공출 등이 이루어졌다.

강제 징용

일제가 노동력 보충을 위해 한국인을 강제 동원해 노역에 종사케 한 일이다. 처음에는 모집 형태를 띠었으나, 중일전쟁(1937년) 이후부터는 국가총동원법을 공포하여 강제 동원하였다. 강제 징용된 이들은 주로 탄광, 금속 광산, 군수 공장, 군대 위안부로 보내져 혹사당했다.

미곡 유통 금지

일제는 전시 군량을 확보하기 1939년 '미곡배급조합통제법'을 제정하고 미곡의 자유 유통을 금지하였다. 공출·매상·배급 제도 등의 수단을 통해 미곡 통제를 강화하고 1943년에는 '식량관리법'을 제정하여 수탈을 강행하였다.

창씨개명

1939년 일제가 한국인의 성을 강제로 일본식으로 고치게 한 일이다. 일제는 일본과 조선은 하나라는 내선일체를 내세우며 황국 신민화의 일환으로 창씨개명 등을 강요하였다. 거부하는 자는 감시하며 그 자녀의 학교 입학을 금지하는 등 불이익을 주었다.

국민총력연맹

1940년 조선총독부 차원에서 조직된 친일단체로, 지도도직, 중앙조직, 지방조직 3단계 조직으로 구성되었다. 한국인의 황국 신민화, 식량 공출, 징병, 징용 등을 독려하고 전쟁 분위기를 고취하기 위한 각종 행사를 개최하였다.

근로보국대

1941년 일제가 한국인의 노동력을 수탈하기 위해 강제로 끌고가서 만든 노역 조직으로, 주로 도로·철도·비행장·신사 등을 건설하는 데 동원하고, 몇몇은 일제 군사 시설에 파견되었다. 직장·학교·농민 등 계층별로 다양한 조직을 만들어 노동을 착취하였다.

학병 징병 검사

1943년 일제가 태평양 전쟁에서 불리해지자 전력을 보충하기 위해 학도병지원병제를 공포하고 학생을 대상으로 징병 검사를 실시한 일이다. 자발적 지원이 아니라 강제 징병이었고, 이를 거부하면 강제 징용을 당하는 등의 처벌을 받았다.

여자 정신대 근무령

1944년 8월 23일 일본 후생성이 공포한 법령으로, 12세에서 40세까지의 여성에 대해 강제 징발할 수 있다는 것이 주된 내용이다. 이렇게 징발된 한국 여성들은 일본의 군수 공장과 일본군 위안부 등으로 보내져 혹사당했다.

조정래 대하소설
아리랑 청소년판 10
초판 1쇄 2015년 6월 15일

원작 | 조정래
엮음 | 조호상
그림 | 백남원
발행인 | 송영석

펴낸곳 | (株)해냄출판사
등록번호 | 제10-229호
등록일자 | 1988년 5월 11일(설립일자 | 1983년 6월 24일)

121-893 서울시 마포구 잔다리로 30 해냄빌딩 5·6층
대표전화 | 326-1600 **팩스** | 326-1624
홈페이지 | www.hainaim.com

ISBN 978-89-6574-520-4
ISBN 978-89-6574-510-5(세트)

이 도서의 국립중앙도서관 출판예정도서목록(CIP)은 서지정보유통지원시스템 홈페이지(http://seoji.nl.go.kr)와
국가자료공동목록시스템(http://www.nl.go.kr/kolisnet)에서 이용하실 수 있습니다.(CIP제어번호: CIP2015014276)